Lewis Carroll • Alice im Wunderland

**Charles Lutwidge Dodgson,**
1832 in Daresbury (England) geboren, studierte in Oxford Mathematik und Altphilologie, bevor er dort später selbst als Dozent arbeitete. Er wurde weltberühmt für seine unter dem Pseudonym Lewis Carroll verfassten Geschichten von *Alice im Wunderland* und *Alice im Spiegelland*, die zu den bekanntesten englischen Kinderbuchklassikern gehören. Carroll starb 1898 in Guildford (England).

Lewis Carroll

# Alice im Wunderland

Übersetzt von Antonie Zimmermann
Illustrationen
von Manfred Tophoven

Schneider
Buch

Die Deutsche Bibliothek – CIP-Einheitsaufnahme

Ein Titeldatensatz für diese Publikation ist bei
Der Deutschen Bibliothek erhältlich

Der Schneider Verlag im Internet:
http://www.schneiderbuch.de


Originaltitel: Alice in Wonderland (Erstausgabe 1865)
Titelbild: Silvia Christoph
Innenillustrationen: Manfred Tophoven
Übersetzung: Antonie Zimmermann
Die Übersetzung von 1869 wurde überarbeitet.
Herstellung/Satz: FIBO Lichtsatz GmbH, Unterhaching
Schrift: 10,5' Hiroshige
Druck: Clausen & Bosse, Leck
Bindung: Conzella Urban Meister, München-Dornach
ISBN 3-505-11880-X

02 03 / 8 7 6 5 4 3 2 1

Schöner, goldner Nachmittag,
Wo Flut und Himmel lacht!
Von schwacher Kinderhand bewegt,
Die Ruder plätschern sacht.
Das Steuer hält ein Kinderarm
Und lenket unsre Fahrt.

So fuhren wir gemächlich hin
Auf träumerischen Wellen.
Doch ach – die drei vereinten sich,
Den müden Freund zu quälen.
Sie trieben ihn, sie drängten ihn,
Ein Märchen zu erzählen.

Die Erste gab's Kommandowort:
„Oh schnell, oh fang doch an!"
„Und mach es", so die Zweite bat,
„Dass man recht lachen kann!"
Die Dritte ließ ihm keine Ruh
Mit wie und wo und wann.

Jetzt lauschen sie vom Wunderland,
Der wunderbaren Mär.
Mit Tier und Vogel sind sie bald
In freundlichem Verkehr
Und fühlen sich so heimisch dort,
Als ob's die Wahrheit wär.

Und jedes Mal, wenn Fantasie
Dem Freunde ganz versiegt:
„Das Übrige ein andres Mal!“
Oh nein, sie wollen's nicht.
„Es ist ja schon ein andres Mal!“,
So rufen sie vergnügt.

So ward vom schönen Wunderland
Das Märchen ausgedacht,
So langsam Stück für Stück erzählt,
Beplaudert und belacht
Und froh, als es zu Ende war,
Der Weg nach Haus gemacht.

Alice, nimm's gar freundlich an!
Leg es mit sanfter Hand
Zum Strauße, den Erinnerung
Aus Kindheitsträumen band,
Gleich welken Blumen, mitgebracht
Aus liebem, fernem Land.

# Inhalt

## 1. Kapitel

# Das weisse Kaninchen

Alice fing an sich zu langweilen. Sie saß schon lange neben ihrer Schwester im Gras und hatte nichts zu tun. Das Buch, das ihre Schwester las, gefiel ihr nicht, denn es waren weder Bilder noch Gespräche darin. „Und wozu sollen Bücher ohne Bilder und Gespräche gut sein?“, dachte Alice.

Sie überlegte sich gerade (so gut es ging, denn sie war schläfrig und träge von der Hitze), ob es sich lohnen würde aufzustehen und Gänseblümchen zu pflücken, um einen Kranz daraus zu flechten, als plötzlich ein weißes Kaninchen mit roten Augen dicht an ihr vorbeirannte.

Das war nichts Besonderes. Alice fand es auch nicht merkwürdig, dass sie das Kaninchen sagen hörte: „Oh weh, oh weh! Ich komme zu spät!“ (Als sie später darüber nachdachte, fiel ihr ein, dass sie sich darüber hätte wundern sollen. Doch in dem Moment erschien es ihr völlig normal.) Aber als das Kaninchen eine Uhr aus der Westentasche zog, nach der Zeit sah und eilig weiterlief, sprang Alice auf. Denn so etwas hatte sie noch nie gesehen: ein Kaninchen mit einer Westentasche und einer Uhr darin! Neugierig rannte sie ihm über die Wiese nach und sah es gerade noch in einem großen Kaninchenloch unter der Hecke verschwinden.

Im nächsten Augenblick kroch Alice ihm nach, ohne sich lange zu fragen, wie in aller Welt sie da wieder herauskommen sollte.
Der Eingang zum Kaninchenbau führte erst wie ein Tunnel in die Erde. Doch dann ging es plötzlich abwärts wie in einem Brunnen, und ehe Alice noch daran denken konnte sich schnell festzuhalten, fiel sie schon hinunter.
Entweder musste der Brunnen sehr tief sein oder sie fiel sehr langsam, denn sie hatte Zeit genug, sich beim Fallen umzuschauen und sich zu fragen, was nun wohl geschehen würde. Zuerst versuchte sie hinun-

terzusehen, um zu erkennen, wo sie landen würde, aber es war alles dunkel. Dann betrachtete sie die Wände des Brunnens und bemerkte, dass sie mit Schränken und Bücherregalen bedeckt waren. Hier und da hingen Landkarten und Bilder. Im Vorbeifallen nahm sie einen kleinen Topf mit der Aufschrift „Apfelsinenkompott“ von einem der Regale, aber leider war er leer. Sie wollte ihn nicht fallen lassen, weil sie Angst hatte, dass er jemandem da unten auf den Kopf fallen könnte. Deshalb schob sie ihn in einen anderen Schrank, an dem sie gerade vorbeiflog.

„Nach einem solchen Sturz“, dachte Alice, „wird es mir nichts mehr ausmachen, wenn ich die Treppe hinunterfalle. Wie mutig sie mich zu Haus finden werden! Jetzt könnte ich sogar vom Dach fallen“, (Was sehr wahrscheinlich war.) „es wäre mir vollkommen egal.“

Es ging immer weiter hinunter, hinunter, hinunter. Wollte der Sturz denn überhaupt kein Ende mehr nehmen?

„Wie viele Kilometer ich wohl jetzt gefallen bin?“, sagte Alice laut. „Ich muss ungefähr am Mittelpunkt der Erde sein. Das wären – Moment mal – ungefähr sechstausend Kilometer, glaube ich ...“ (Denn ihr müsst wissen, dass Alice in der Schule gut aufgepasst hatte. Es war nur niemand da, der ihr zuhörte.) Dennoch überlegte sie weiter: „Ja, das ist ungefähr die Entfernung. Aber bis zu welchem Längen- und Breitengrad ich wohl gekommen bin?“ (Alice wusste nicht

so genau, was Längen- und Breitengrade waren, aber sie klangen zumindest sehr interessant.)
Bald fing sie wieder an: „Ob ich wohl durch die ganze Erde hindurchfalle? Das wird lustig, wenn ich bei den Leuten herauskomme, die auf dem Kopf stehen! Den Antipathien, glaube ich.“ (Diesmal war sie ganz froh, dass niemand zuhörte, denn das Wort klang gar nicht richtig.) „Aber natürlich werde ich fragen müssen, wie das Land heißt. ‚Entschuldigung, meine Dame, ist dies Neuseeland oder Australien?‘“ (Und sie versuch-

te, dabei einen Knicks zu machen. Aber das ist gar nicht so einfach, wenn man durch die Luft fliegt!) „Aber sie wird mich für dumm halten, wenn ich frage! Nein, ich frage lieber nicht, vielleicht steht es irgendwo auf einem Schild."

Und immer noch ging es weiter hinunter. Weil sie nichts anderes zu tun hatte, fing Alice bald wieder zu sprechen an. „Dina wird mich bestimmt heute Abend suchen." (Dina war ihre Katze.) „Ich hoffe, sie vergessen ihre Milch nicht. Dina! Miez! Schade, dass du nicht hier unten bei mir bist. Es gibt bloß keine Mäuse in der Luft; aber du könntest einen Spatzen fangen. Die wird es hier in der Luft wohl geben, glaubst du nicht? Und Katzen fressen doch Spatzen, oder?" Auf einmal wurde Alice sehr schläfrig und redete halb im Traum weiter: „Fressen Katzen gerne Spatzen? Fressen Spatzen gerne Katzen?" Und da ihr niemand antworten konnte, war es ganz egal, wie sie die Frage stellte. Sie schlief ein und hatte gerade angefangen zu träumen, dass sie Hand in Hand mit Dina spazieren ging und sie ganz ernsthaft fragte: „Nun, Dina, sag mir die Wahrheit, hast du je einen Spatzen gefressen?", als sie plötzlich – plumps – auf einem Haufen aus trockenem Laub und Zweigen landete.

Alice hatte sich gar nicht wehgetan. Sie sprang sofort auf und sah nach oben, aber dort war alles dunkel. Vor ihr lag ein langer Gang, und dort lief auch das weiße Kaninchen. Sie musste sich beeilen. Alice rannte schnell hinterher und hörte es gerade noch sagen: „Oh, Ohren und Schnurrbart, es ist schon so spät!“ Dann bog es um die Ecke. Alice war dicht hinter ihm, aber als sie ebenfalls um die Ecke bog, war das Kaninchen nicht mehr zu sehen.

Sie befand sich in einem langen, niedrigen Korridor, der durch eine Reihe von Lampen erleuchtet wurde, die von der Decke herabhingen. Zu beiden Seiten des Korridors waren Türen, aber sie waren alle verschlossen. Alice probierte jede Tür aus, erst auf der einen Seite, dann auf der anderen – aber sie waren alle zu. Schließlich ging sie ratlos den Korridor entlang und überlegte, wie sie hier wieder herauskommen könnte.

Plötzlich stand sie vor einem kleinen dreibeinigen Glastisch. Es lag nur ein winziger goldener Schlüssel darauf, und Alice dachte: Der gehört bestimmt zu einer der Türen im Korridor. Aber leider waren entweder die Schlösser zu groß, oder der Schlüssel war zu klein. Er passte zu keiner einzigen Tür. Als sie aber ein zweites Mal herumging, bemerkte sie einen niedrigen Vorhang, den sie vorher nicht gesehen hatte, und dahinter befand sich eine kleine Tür, die ungefähr dreißig Zentimeter hoch war. Sie steckte den goldenen Schlüssel ins Schlüsselloch, und zu ihrer großen Freude passte er.

Alice schloss die Tür auf und stellte fest, dass dahinter ein kleiner Gang lag, nicht viel größer als ein Mauseloch. Sie kniete sich hin und sah durch den Gang in den schönsten Garten, den man sich vorstellen kann.

Am liebsten wäre sie sofort aus dem dunklen Korridor hinausgelaufen, um zwischen den bunten Blumenbeeten und den kühlen Springbrunnen umherzuwandern – aber sie konnte nicht einmal den Kopf durch die Tür stecken. „Und selbst wenn mein Kopf hindurchginge“, dachte Alice, „würde es ohne den Rest nichts nützen. Am liebsten würde ich mich wie ein Teleskop zusammenschieben! Das geht ganz bestimmt, wenn ich nur wüsste, wie man es macht.“ Denn es waren gerade so viele merkwürdige Dinge mit ihr passiert, dass Alice anfing zu glauben, es sei fast nichts unmöglich.

Es hatte keinen Sinn, länger vor der kleinen Tür zu knien. Daher ging sie zum Tisch zurück und hoffte, dass sie noch einen Schlüssel darauf finden würde oder wenigstens ein Buch mit Anweisungen, wie man sich wie ein Teleskop zusammenschieben kann. Diesmal fand sie eine kleine Flasche auf dem Tisch. „Die stand vorhin bestimmt noch nicht hier“, sagte Alice. Um den Hals der Flasche war ein Zettel gebunden, auf dem in großen Buchstaben „TRINK MICH“ stand.

Schön und gut, aber Alice war viel zu klug, um so etwas gleich zu tun. „Ich werde erst nachsehen“, sagte sie, „ob irgendwo ein Totenkopf drauf ist.“ Denn sie hatte einige Geschichten gelesen von Kindern, die sich verbrannt hatten oder von wilden Tieren gefressen worden waren oder denen noch Schlimmeres passiert war, nur weil sie nicht an die Warnungen gedacht hatten, die ihre Freunde ihnen gegeben hatten – zum Beispiel, dass man sich verbrennt, wenn man ein rotglühendes Eisen anfasst und dass es meistens fürchterlich blutet, wenn man sich mit einem Messer in den Finger schneidet. Und sie wusste, dass es meistens sehr unangenehme Folgen hat, wenn man aus einer Flasche mit einem Totenkopf darauf trinkt.

Auf dieser Flasche war jedoch kein Totenkopf. Deshalb probierte Alice einen Schluck, und da es ihr gut schmeckte (wie ein Gemisch aus Kirschkuchen, Vanillepudding, Ananas, Hähnchen, Karamellbonbons und Butterbrot), trank sie die Flasche aus.

„Was für ein komisches Gefühl!“, sagte Alice. „Ich glaube, ich schiebe mich gerade zusammen wie ein Teleskop.“ Und so war es tatsächlich. Sie war jetzt nur noch zwanzig Zentimeter groß und freute sich, dass sie nun die richtige Größe hatte, um durch die kleine Tür in den schönen Garten zu gehen. Doch erst wartete sie einige Minuten, ob sie noch mehr schrumpfen würde. Sie war etwas besorgt. „Denn es könnte auch passieren“, sagte Alice zu sich selbst, „dass ich ganz verschwinde wie eine Kerze, die herunterbrennt. Wie ich dann wohl aussehe?“ Und sie versuchte sich vorzustellen, wie die Flamme einer erloschenen Kerze aussieht – aber sie konnte sich nicht erinnern, so etwas je gesehen zu haben.

Als nach einer Weile nichts weiter geschah, beschloss sie, gleich in den Garten zu gehen. Aber, arme Alice! Als sie zur Tür kam, hatte sie den goldenen Schlüssel

vergessen. Sie ging zum Tisch zurück, um ihn zu holen, aber er lag viel zu hoch oben. Sie versuchte verzweifelt an einem der Tischbeine hinaufzuklettern, doch es war zu glatt. Und als sie es eine Weile vergeblich versucht hatte, setzte sie sich hin und weinte.
„Hör sofort auf zu weinen!", sagte Alice streng zu sich. Sie gab sich oft selbst gute Ratschläge, die sie allerdings selten befolgte. Manchmal schimpfte sie so streng mit sich, dass sie sich selbst zum Weinen brachte. Einmal hatte sie sogar versucht, sich eine Ohrfeige zu geben, weil sie beim Krocket gemogelt hatte, als sie gegen sich selbst spielte. Alice tat nämlich oft so, als wäre sie zwei Leute. „Aber jetzt hilft mir das auch nicht weiter", dachte Alice. „Es ist ja kaum genug von mir übrig für eine anständige Person!"
Plötzlich sah sie einen kleinen Glaskasten, der unter dem Tisch lag. Sie öffnete ihn und fand darin einen winzigen Kuchen, auf dem die Worte „Iss mich!" in kleinen Buchstaben aus Rosinen standen. „Gut, ich werde ihn essen", sagte Alice. „Wenn ich davon größer werde, komme ich an den Schlüssel heran, und wenn ich kleiner werde, kann ich unter der Tür durchkriechen. Auf jeden Fall komme ich in den Garten, egal wie!"
Sie biss ein kleines Stück ab und fragte sich etwas besorgt: „Was jetzt? Aufwärts oder abwärts?" Dabei legte sie die Hand auf ihren Kopf und war sehr erstaunt, als sie dieselbe Größe behielt. Natürlich ist es meistens so, wenn man Kuchen isst. Aber Alice war schon

so daran gewöhnt, dass ihr ständig ungewöhnliche Dinge passierten, dass ihr das Normale jetzt ziemlich langweilig erschien.

Darum nahm sie noch einen Bissen und hatte den Kuchen bald aufgegessen.

## 2. Kapitel

# Der Tränensee

Ach, du meine Güte!", rief Alice. Sie war so überrascht, dass ihr nichts Besseres einfiel. „Jetzt werde ich auseinander geschoben wie das längste Teleskop, das es je gab! Lebt wohl, Füße!" Denn als sie auf ihre Füße hinunterschaute, konnte sie sie fast nicht mehr erkennen, so weit waren sie schon entfernt.

„Ihr armen Füße!", sagte Alice. „Wer zieht euch denn jetzt Schuhe und Strümpfe an? Ich kann es nicht mehr, denn ich bin viel zu weit weg. Ihr müsst sehen, wie ihr alleine zurechtkommt." Dann dachte sie: „Aber ich muss sie gut behandeln, sonst gehen sie vielleicht nicht dahin, wohin ich gehen möchte. Da fällt mir etwas ein: Ich werde ihnen jedes Jahr zu Weihnachten ein Paar neue Stiefel schenken." Sie überlegte sich, wie sie das machen würde: „Am besten schicke ich die Stiefel mit der Post", dachte sie. „Wie komisch es sein wird, seinen eigenen Füßen ein Geschenk zu schicken! Vor allem die Adresse wird sehr merkwürdig aussehen:

Herrn
Rechterfuß von Alice
Auf dem Teppich,
nicht weit vom Kamin
Mit herzlichen Grüßen von Alice
– Ach, ich rede vielleicht einen Unsinn!"

In dem Augenblick stieß sie mit dem Kopf an die Decke – sie war tatsächlich zwei Meter fünfzig groß. Sie nahm sofort den kleinen goldenen Schlüssel vom Tisch und rannte zur Gartentür.

Aber, arme Alice! Sie konnte jetzt gerade noch mit einem Auge in den Garten schauen, wenn sie sich flach auf den Boden legte. Aber durch die Tür kam sie noch weniger hindurch als vorher. Sie setzte sich hin und fing wieder an zu weinen.

„Du solltest dich schämen", sagte Alice. „So ein großes Mädchen wie du heult doch nicht gleich los! Hör sofort auf!" Aber sie weinte trotzdem weiter und vergoss eimerweise Tränen, bis sich ein großer See um sie herum gebildet hatte, ungefähr fünfzehn Zentimeter tief und so lang wie der halbe Korridor.

Nach einer Weile hörte sie Schritte näher kommen und wischte sich schnell die Tränen ab. Es war das weiße Kaninchen, das prachtvoll angezogen zurückkam, mit einem Paar weißer Handschuhe in der einen Hand und einem Fächer in der anderen. Es trippelte in großer Eile auf Alice zu und murmelte dabei vor sich hin: „Oh! Die Herzogin, die Herzogin! Sie wird sehr wütend sein, wenn ich sie warten lasse!"

Alice war inzwischen so verzweifelt, dass sie jeden um Hilfe gebeten hätte. Als das Kaninchen nah genug war, fragte sie deshalb mit leiser, schüchterner Stimme: „Entschuldigen Sie bitte, mein Herr ...“
Das Kaninchen fuhr zusammen, ließ die weißen Handschuhe und den Fächer fallen und rannte wie der Blitz davon, bis es wieder im Dunkeln verschwunden war.

Alice hob den Fächer und die Handschuhe auf, und da es ziemlich warm war, fächelte sie sich Luft zu, während sie weiter mit sich selbst redete: „Wunderbar! Warum ist heute nur alles so seltsam? Gestern war doch noch alles ganz normal. Ob ich vielleicht über Nacht vertauscht worden bin? Lass mich überlegen: Als ich heute Morgen aufgestanden bin, war ich da noch ich? Ich glaube, da war ich schon etwas verändert. Aber wenn ich nicht ich bin, dann möchte ich gerne wissen: Wer in aller Welt bin ich?!“ Sie ging in Gedanken alle ihre Freundinnen durch, um zu sehen, ob sie vielleicht eine von ihnen war.

„Ich bin bestimmt nicht Ida“, sagte sie, „denn die hat lange Locken, und meine Haare sind ganz glatt. Und Klara bin ich auch nicht, denn ich weiß eine ganze Menge, und sie weiß überhaupt nichts! Außerdem ist sie ja sie selbst, und ich bin ich, und – oje, jetzt bin ich ganz durcheinander! Ich werde einfach ausprobieren, ob ich noch alles weiß, was ich sonst immer wusste. Also: vier mal fünf ist zwölf, vier mal sechs ist dreizehn, vier mal sieben ist – nein! So komme ich nie bis zwanzig! Aber das Einmaleins zählt nicht, ich nehme lieber Erdkunde. London ist die Hauptstadt von Paris, und Paris ist die Hauptstadt von Rom, und Rom ist – nein, ich wette, das ist alles falsch! Ich muss in Klara verwandelt worden sein! Ich probier es noch mal mit ‚Bei einem Wirte ...‘“

Sie faltete die Hände, als ob sie das Gedicht in der Schule aufsagen sollte, aber ihre Stimme klang rau und ungewohnt, und die Worte hörten sich ganz anders an als sonst:

„Bei einem Wirte, wunderwild,
Da war ich jüngst zu Gaste.
Ein Bienennest, das war sein Schild
In einer braunen Tatze.

Es war der grimme Zottelbär,
Bei dem ich eingekehret.
Mit süßem Honigseim hat er
Sich selber wohl genähret!"

„Das kommt mir gar nicht richtig vor", sagte Alice, und Tränen liefen ihr über die Backen, als sie weiterredete: „Ich muss doch Klara sein, und ich muss jetzt in ihrem alten kleinen Haus wohnen und die ganze Zeit für die Schule lernen. Nein, so viel ist sicher: Wenn ich Klara bin, dann bleibe ich hier unten! Und es nützt ihnen gar nichts, wenn sie die Köpfe zusammenstecken und herunterrufen: ‚Komm wieder herauf, Herzchen!' Ich rufe dann einfach zurück: ‚Sagt mir erst, wer ich bin. Und wenn ich die Person gerne bin, dann komme ich zurück. Sonst bleibe ich hier unten, bis ich jemand anderer bin.' Aber", schluchzte Alice plötzlich auf, „es schaut ja keiner herunter und fragt mich! Und ich bin so allein hier unten!"
Als sie das sagte, sah sie auf ihre Hände hinab und bemerkte erstaunt, dass sie beim Reden einen von den weißen Handschuhen des Kaninchens angezogen hatte. „Wie habe ich das nur gemacht?", dachte sie. „Ich muss wieder klein geworden sein." Sie stand auf, ging zum Glastisch und stellte fest, dass sie jetzt ungefähr sechzig Zentimeter groß war und schnell weiterschrumpfte. Das musste an dem Fächer liegen, und sie warf ihn schnell fort – gerade noch rechtzeitig, um nicht völlig zu verschwinden.

„Das war knapp!", sagte Alice erschrocken, aber auch erleichtert, dass sie noch da war. „Und nun in den Garten!" Sie lief schnell zu der kleinen Tür – aber ach! Die Tür war wieder verschlossen, und der goldene Schlüssel lag wieder auf dem Glastisch. „Und jetzt ist es noch schlimmer als vorher", dachte Alice, „denn so klein bin ich noch nie gewesen!"
Plötzlich rutschte Alice aus und fiel – platsch! – der Länge nach in salziges Wasser. Erst dachte sie, sie wäre ins Meer gefallen. „Dann kann ich wenigstens mit der Bahn nach Hause fahren!", tröstete sie sich. (Alice war nämlich einmal in ihrem Leben an der See gewesen, und dort waren sie mit dem Zug hingefahren.) Doch dann merkte sie, dass sie sich in dem Tränensee befand, den sie geweint hatte, als sie zwei Meter fünfzig groß war.
„Hätte ich doch bloß nicht so sehr geweint!", sagte Alice, als sie umherschwamm und nach dem Ufer suchte. „Das habe ich jetzt davon – vielleicht werde ich in meinen eigenen Tränen ertrinken! Das ist wirklich sehr seltsam. Aber heute passieren ja lauter merkwürdige Sachen."
In dem Augenblick hörte sie ganz in der Nähe etwas plätschern, und sie schwamm hin, um zu sehen, was es war: Erst glaubte sie, es sei ein Walross oder ein Nilpferd. Doch dann fiel ihr ein, wie klein sie jetzt war, und sie merkte, dass es nur eine Maus war, die genau wie sie ins Wasser gefallen war.
„Ob ich sie ansprechen soll?", überlegte Alice. „Alles

ist so seltsam hier unten, dass die Maus bestimmt sprechen kann. Und Fragen kostet schließlich nichts." Also versuchte sie es: „Liebe Maus, weißt du, wie man aus diesem See herauskommt? Ich bin schon ganz müde vom vielen Herumschwimmen – bitte, liebe Maus!" (Alice versuchte besonders höflich zu sein, aber sie wusste nicht genau, wie man eine Maus richtig anredet.) Die Maus sah sie neugierig an und schien ihr mit dem einen Auge zuzuzwinkern, aber sie sagte nichts.

„Vielleicht versteht sie mich nicht", dachte Alice. „Vielleicht ist es eine französische Maus." Sie versuchte es also noch einmal mit dem ersten Satz aus ihrem Französischbuch: „Où est ma chatte?" Die

Maus fuhr aus dem Wasser auf und zitterte vor Angst am ganzen Körper. „Oh, Entschuldigung!“, rief Alice schnell, als sie merkte, wie sehr sich die arme Maus erschreckt hatte. „Ich hatte ganz vergessen, dass du Katzen nicht magst.“

„Katzen nicht mögen!“, schrie die Maus wütend. „Würdest du Katzen mögen, wenn du an meiner Stelle wärst?“

„Nein, wahrscheinlich nicht“, sagte Alice, um die Maus zu beruhigen. „Sei mir bitte nicht böse. Schade, dass du meine Katze Dina nicht kennst. Ich glaube, dann würdest du ganz anders über Katzen denken. Sie ist so ein liebes und ruhiges Tier.“ Während Alice im See herumschwamm, redete sie halb zu sich selbst weiter: „Sie sitzt am liebsten am Kamin. Dann schnurrt sie ganz leise, leckt sich die Pfoten und wäscht sich das Gesicht – und sie ist so eine gute Mäusefängerin ... oh, entschuldige bitte!“, sagte Alice wieder, denn diesmal sträubte sich das ganze Fell der armen Maus, und sie war wirklich beleidigt. „Wir wollen nicht mehr davon reden, wenn dir das lieber ist.“

„Wir ist gut!“, entgegnete die Maus, die bis zur Schwanzspitze zitterte. „Als ob ich je über so etwas Grässliches sprechen würde! Unsere Familie hat Katzen schon immer verabscheut: hässliche, gemeine Geschöpfe! Ich will ihren Namen nicht mehr hören!“

„Nein, natürlich nicht“, sagte Alice und wechselte das Thema. „Magst du ... magst du vielleicht Hunde?“ Die Maus antwortete nicht, daher fuhr Alice eifrig fort:

„Es wohnt ein so lieber kleiner Hund bei uns in der Nähe. Den müsstest du sehen! Ein kleiner Terrier, weißt du, mit lockigem braunem Fell! Er bringt Stöckchen, kann Männchen machen und Pfötchen geben und noch viele andere Kunststücke. Er gehört einem Bauern, weißt du, und der sagt, er ist wirklich Gold wert, weil er so nützlich ist. Er fängt nämlich jede Ratte weit und breit – oh nein, wie dumm von mir!", rief Alice reumütig. „Ich fürchte, ich habe wieder das Falsche gesagt!" Denn die Maus schwamm so schnell sie konnte davon, sodass es richtig Wellen schlug.

„Liebes Mäuschen!", rief Alice ihr verzweifelt nach. „Komm bitte wieder zurück! Ich werde weder Katzen noch Hunde erwähnen, wenn du sie nicht magst!"

Als die Maus das hörte, drehte sie sich um und schwamm langsam zurück. Ihr Gesicht war ganz blass (vor Ärger, dachte Alice), und sie sagte mit leiser, zitternder Stimme: „Komm mit mir ans Ufer, da will ich dir meine Geschichte erzählen. Dann wirst du begreifen, warum ich Katzen und Hunde nicht leiden kann."

Es war höchste Zeit, den See zu verlassen, denn im Wasser wimmelte es inzwischen von hineingefallenen Tieren: Da waren eine Ente, ein Dodo, ein roter Papagei, ein junger Adler und mehrere andere merkwürdige Geschöpfe. Alice schwamm voran, und die ganze Gesellschaft folgte ihr ans Ufer.

## 3. Kapitel

# Ein Caucus-Rennen und seine Folgen

Es war in der Tat eine sonderbare Gesellschaft, die sich am Strand versammelte: die Vögel mit triefenden Federn, die übrigen Tiere mit tropfnassem Fell und alle durch und durch nass, verstimmt und unbehaglich.

Die erste Frage war, wie sie sich trocknen könnten: Es wurde darüber beraten, und nach wenigen Minuten kam es Alice ganz normal vor, so vertraulich mit ihnen zu schwatzen, als wären sie alte Bekannte. Sie hatte sogar eine lange Auseinandersetzung mit dem Papagei, der zuletzt brummig wurde und nur noch sagte: „Ich bin älter als du und muss es besser wissen."

Das wollte Alice nicht gelten lassen und fragte nach seinem Alter. Doch da der Papagei es ihr nicht verraten wollte, blieb die Sache unentschieden.

Endlich rief die Maus, die von den anderen offenbar respektiert wurde: „Setzt euch alle hin und hört mir zu! Ich weiß, wie ihr alle schnell trocken werdet."

Alle setzten sich sofort in einen großen Kreis, die

Maus in der Mitte. Alice schaute sie gespannt an und dachte: „Hoffentlich beeilt sie sich, sonst kriege ich eine furchtbare Erkältung."
„Also", sagte die Maus mit wichtiger Miene, „seid ihr alle so weit? Ich erzähle euch jetzt die trockenste Geschichte, die mir einfällt. Ruhe, wenn ich bitten darf, es geht los! Wilhelm der Eroberer, dessen Ansprüche vom Papst begünstigt wurden, fand bald Anhänger bei den Engländern, die einen Anführer brauchten und die in jener Zeit sehr an Eroberungen gewöhnt waren. Edwin und Morcar, Grafen von Merkia und Northumbria ..."
„Uuaaah!", gähnte der Papagei und schüttelte sich.
„Verzeihung", sagte die Maus mit gerunzelter Stirn, aber sehr höflich, „hast du etwas gesagt?"
„Ich nicht!", erwiderte der Papagei schnell.
„Es kam mir so vor", sagte die Maus. „Ich fahre fort: Edwin und Morcar, Grafen von Merkia und Northumbria, stellten sich hinter ihn, und selbst Stigand, der patriotische Erzbischof von Canterbury, fand es ratsam ..."
„Fand was?", unterbrach die Ente.
„Fand es", antwortete die Maus ziemlich aufgebracht. „Du wirst doch wohl wissen, was es bedeutet."
„Ich weiß sehr wohl, was es bedeutet, wenn ich es finde", sagte die Ente. „Es ist gewöhnlich ein Frosch oder ein Wurm. Die Frage ist, was fand der Erzbischof?"
Die Maus beachtete die Frage nicht, sondern fuhr

hastig fort: „... fand es ratsam, von Edgar Atheling begleitet, Wilhelm entgegenzugehen und ihm die Krone anzubieten. Wilhelms Benehmen war zuerst gemäßigt, aber die Unverschämtheit seiner Normannen ... wie steht's jetzt, mein Kind?", wandte sich die Maus plötzlich an Alice.

„Noch genauso nass wie vorher", sagte Alice verlegen. „Vielleicht ist die Geschichte noch nicht trocken genug."

„In dem Fall", sagte der Dodo feierlich und erhob sich, „stelle ich den Antrag, dass die Versammlung sich vertage und zur unmittelbaren Anwendung von wirksameren Mitteln schreite."

„Rede so, dass man dich versteht!", sagte der Adler. „Ich habe keine Ahnung, was du sagen willst, und du weißt es wahrscheinlich selbst nicht!" Der Adler ver-

suchte ein Schmunzeln zu unterdrücken, und einige der anderen Vögel fingen an zu kichern.
„Was ich sagen wollte“, sagte der Dodo gereizt, „ist, dass das beste Mittel, um trocken zu werden, ein Caucus-Rennen wäre.“
„Was ist ein Caucus-Rennen?“, fragte Alice. Es interessierte sie zwar nicht besonders, aber der Dodo erwartete offensichtlich, dass jemand nachfragte, und alle anderen schwiegen beharrlich.
„Nun“, meinte der Dodo, „die beste Art, es zu erklären, ist, es zu spielen.“ (Und da ihr das Spiel vielleicht selbst an einem kalten Winternachmittag ausprobieren wollt, erzähle ich euch jetzt, wie der Dodo es machte.)
Erst steckte er die Bahn ab, die wie ein Kreis aussah („Es kommt nicht auf die genaue Form an“, sagte er.) Dann wurde die ganze Gesellschaft irgendwo entlang der Bahn aufgestellt. Es gab kein Startzeichen wie „Achtung, fertig, los!“, sondern jeder fing an zu laufen, wann er wollte, und hörte auf, wenn er keine Lust mehr hatte. Darum war es nicht so leicht zu entscheiden, wann das Rennen zu Ende war. Als sie jedoch ungefähr eine halbe Stunde gerannt und vollständig getrocknet waren, rief der Dodo plötzlich: „Das Rennen ist aus.“ Alle drängten sich um ihn, völlig außer Atem, und fragten: „Aber wer hat gewonnen?“
Um diese Frage beantworten zu können, musste der Dodo erst gründlich nachdenken. Er saß lange mit einem Finger an der Stirn da (die Stellung, in der meis-

tens gelehrte Männer abgebildet werden), während die Übrigen schweigend auf ihn warteten. Endlich sagte der Dodo: „Jeder hat gewonnen, und jeder soll einen Preis bekommen."

„Aber wer soll die Preise vergeben?", wollten mehrere gleichzeitig wissen.

„Sie natürlich!", sagte der Dodo und zeigte mit dem Finger auf Alice. Sofort wurde sie von der ganzen Gesellschaft umringt, und alle riefen durcheinander: „Preise! Preise!"

Alice hatte keine Ahnung, was sie jetzt tun sollte. In ihrer Verzweiflung fuhr sie mit der Hand in die Tasche und zog eine Schachtel Zuckerplätzchen hervor (glücklicherweise war kein Salzwasser hineingekommen). Die verteilte sie als Preise, und sie reichten gerade so, dass jeder eins bekam.

„Aber sie selbst muss doch auch einen Preis bekommen", sagte die Maus.

„Natürlich", entgegnete der Dodo ernst und fragte Alice: „Was hast du noch in der Tasche?"

„Nur einen Fingerhut", sagte Alice verlegen.

„Gib ihn mir", versetzte der Dodo. Wieder versammelten sich alle um Alice, während der Dodo ihr den Fingerhut feierlich mit den Worten überreichte: „Bitte nimm gütigst diesen eleganten Fingerhut als Zeichen unserer Anerkennung an." Nach dieser kurzen Rede folgte allgemeines Beifallklatschen.

Alice fand das Ganze ziemlich albern, aber die ganze Gesellschaft sah so ernst aus, dass sie sich nicht trau-

te zu lachen. Da ihr keine passende Antwort einfiel, verbeugte sei sich einfach und nahm den Fingerhut ehrfürchtig in Empfang.
Nun mussten zunächst die Zuckerplätzchen verzehrt werden, was für einigen Lärm und Verwirrung sorgte. Die großen Vögel beklagten sich nämlich, dass sie nichts von dem Plätzchen schmeckten, die kleinen aber verschluckten sich und mussten auf den Rücken geklopft werden. Endlich war auch dies geschafft, und alle setzten sich in einen Kreis und baten die Maus, ihnen noch etwas zu erzählen.
„Du hast mir deine Geschichte versprochen“, sagte Alice, „und woher es kommt, dass du K. und H. nicht leiden kannst“, fügte sie leise hinzu, um die Maus nicht wieder zu kränken.
„Ach“, seufzte die Maus, „ihr macht euch ja doch nichts aus meiner Geschichte. Sie ist euch bestimmt viel zu langschwänzig und zu tragisch.“ Dabei sah sie Alice fragend an.
„Langschwänzig! Das glaube ich sofort!“, rief Alice und betrachtete voller Bewunderung den geringelten Schwanz der Maus. „Aber wieso tragisch? Was trägst du denn?“ Und weil sie noch darüber nachdachte, als die längschwänzige Erzählung schon anfing, hörte sich die Geschichte für sie so an:

Hund Filax
sagte zu
der Maus,
die er traf
in dem Haus:
„Geh mit
mir vor
Gericht, ich
will dich
verklagen.
Komm und
wehr dich nicht
mehr, ich will
ein Verhör,
denn ich habe
nichts zu tun
schon seit
zwei Tagen.“
Da sagte
die Maus
zum Köter:
„So ein
Verhör, lieber
Herr, ohne
Richter,
ohne Zeugen,
tut nicht Not.“
„Ich bin
Zeuge, ich
bin Richter“,
sprach er
schlau
und schnitt
Gesichter.
„Das
Verhör
leite ich
und
verur-
teile
dich
zum Tod!“

„Du passt nicht auf!“, sagte die Maus streng zu Alice. „Woran denkst du?“
„Ich bitte um Verzeihung“, sagte Alice beschämt. „Du warst bis zur fünften Biegung gekommen, oder?“
„Mitnichten!“, sagte die Maus entschieden und sehr ärgerlich.

„Nichten!“, rief Alice, die gern neue Bekanntschaften machte, und sah sich neugierig überall um. „Oh, wo sind sie, deine Nichten? Lass mich dir helfen, sie zu holen!“
„Auf keinen Fall“, sagte die Maus, stand auf und ging fort. „Deinen Unsinn kann ich mir nicht mehr länger anhören!“
„Ich hab's doch nicht böse gemeint!“, entschuldigte sich Alice verzweifelt. „Aber du bist auch wirklich sehr empfindlich!“
Die Maus brummte nur eine unverständliche Antwort und lief weiter.
„Bitte, komm zurück und erzähl deine Geschichte zu

Ende!“, rief Alice ihr nach, und die andern wiederholten im Chor: „Ja, bitte!“ Aber die Maus schüttelte unwillig den Kopf und ging schnell fort.

„Wie schade, dass sie nicht bleiben wollte!“, seufzte der Papagei, sobald die Maus nicht mehr zu sehen war. Und eine alte Unke sagte bei dieser Gelegenheit zu ihrer Tochter: „Ja, mein Kind, lass dir das eine Lehre sein und sei niemals vorlaut zu Erwachsenen!“

„Halt den Mund, Mama!“, antwortete die junge Unke frech.

„Ich wünschte, Dina wäre hier“, sagte Alice laut, ohne mit jemand Bestimmtem zu sprechen. „Sie würde sie schnell zurückholen!“

„Und wer ist Dina, wenn ich fragen darf?“, fragte der Papagei.

Alice antwortete eifrig, denn sie sprach gar zu gern von ihrem Liebling: „Dina ist meine Katze. Und sie ist so geschickt im Mäusefangen, das könnt ihr euch gar nicht vorstellen! Vögel jagt sie übrigens auch – wie der Blitz, sage ich euch.“

Diese Mitteilung verursachte große Aufregung in der Gesellschaft. Einige der Vögel machten sich augenblicklich davon. Eine alte Elster zupfte erst sorgfältig ihre Federn zurecht und sagte dann: „Ich muss jetzt wirklich nach Hause, die Nachtluft ist nicht gut für meine Stimme!“ Und ein Kanarienvogel piepte zitternd seinen Jungen zu: „Auf geht's, Kinder! Es ist höchste Zeit für euch, ins Bett zu gehen!“ Nach und nach verschwanden alle unter irgendeinem Vorwand, und Alice war bald ganz allein.

„Hätte ich nur Dina nicht erwähnt!“, sagte sie traurig. „Niemand hier unten scheint sie zu mögen, und dabei ist sie doch die beste Katze der Welt! Oh, meine liebe Dina, ob ich dich wohl je wieder sehen werde?“ Darüber fing Alice von neuem an zu weinen, denn sie fühlte sich sehr einsam und unglücklich. Nach einer Weile jedoch hörte sie in einiger Entfernung wieder Schritte trappeln und schaute auf. Vielleicht hatte es sich die Maus doch noch anders überlegt und kam zurück, um ihre Geschichte zu Ende zu erzählen.

## 4. Kapitel

# Das Haus des Kaninchens

Es war das weiße Kaninchen, das langsam zurückgehoppelt kam und sich dabei sorgfältig nach allen Seiten umsah, als ob es etwas verloren hätte. Dabei murmelte es vor sich hin: „Die Herzogin! Die Herzogin! Oh, meine weichen Pfoten! Sie wird mich hängen lassen, das ist sicher! Wo hab ich sie nur fallen lassen?“

Alice erriet sofort, dass es den Fächer und die Handschuhe meinte und wollte dem Kaninchen suchen helfen. Also suchte sie hier und dort, aber sie waren nirgends zu sehen. Alles hatte sich seit ihrem Bad im Tränensee verwandelt, und der Korridor mit dem Glastisch und der kleinen Tür war verschwunden.

Als das Kaninchen Alice sah, die immer noch herumsuchte, rief es ihr ärgerlich zu: „Marianne, was machst du denn hier? Lauf sofort nach Hause und hol mir ein Paar Handschuhe und einen Fächer! Schnell, vorwärts!“

Alice war so erschrocken, dass sie in die angedeutete Richtung lief, ohne den Irrtum aufzuklären.

„Es hält mich für sein Hausmädchen“, sagte sie zu sich selbst und lief weiter. „Wie es sich wundern wird, wenn es erfährt, wer ich bin! Aber ich bringe ihm lieber seinen Fächer und seine Handschuhe – wenn ich sie überhaupt finde.“ Wie sie so sprach, kam sie an ein nettes kleines Haus, an dessen Tür ein glänzendes Messingschild hing mit dem Namen „W. Kaninchen“ darauf. Sie ging hinein ohne anzuklopfen und lief die Treppe hinauf, immer in der Angst, der wirklichen Marianne zu begegnen und hinausgeworfen zu werden, ehe sie den Fächer und die Handschuhe gefunden hatte.

„Wie komisch es ist“, sagte Alice bei sich, „Besorgungen für ein Kaninchen zu machen! Vermutlich wird mir als nächstes Dina Aufträge geben!“

Und sie überlegte sich, wie das sein würde: „Alice, komm, wir wollen spazieren gehen!“, sagte ihre Schwester. „Sofort“, antwortete Alice. „Ich muss erst noch dieses Mäuseloch bewachen, bis Dina wiederkommt, damit die Maus nicht entwischt.“ Doch dann überlegte sie: „Nur würde Dina bestimmt nicht bei uns bleiben dürfen, wenn sie anfangen würde, die Leute herumzukommandieren.“

Mittlerweile war sie in ein hübsches kleines Zimmer gelangt. Vor dem Fenster stand ein Tisch und darauf lagen, wie sie gehofft hatte, ein Fächer und zwei oder drei Paar winziger weißer Handschuhe. Sie nahm den Fächer und ein Paar Handschuhe und wollte gerade das Zimmer verlassen, als ihr Blick auf ein Fläschchen fiel, das neben dem Spiegel stand. Diesmal war kein Zettel mit den Worten „Trink mich“ darauf, aber trotzdem zog sie den Pfropfen heraus und setzte es an die Lippen. „Hier geschieht immer etwas Merkwürdiges, wenn ich etwas esse oder trinke. Darum will ich ausprobieren, was dieses Fläschchen tut. Hoffentlich macht es mich wieder größer, denn ich habe keine Lust mehr so klein zu sein!“

Es passierte tatsächlich etwas, und zwar schneller, als sie erwartet hatte: Ehe Alice das Fläschchen halb ausgetrunken hatte, fühlte sie, wie ihr Kopf an die Decke stieß, und sie musste sich rasch bücken, um sich nicht den Hals zu brechen. Sie stellte die Flasche hin und sagte zu sich: „Das reicht jetzt! Hoffentlich wachse ich nicht noch mehr. Ich passe so schon nicht mehr durch die Tür – hätte ich nur nicht so viel getrunken!“

Aber jetzt war es zu spät. Sie wuchs und wuchs und musste sich bald auf den Fußboden knien. Im nächsten Moment war selbst dafür nicht mehr genug Platz, und sie legte sich hin, stemmte einen Ellbogen gegen die Tür und legte den anderen Arm unter ihren Kopf. Sie wuchs immer noch und musste schließlich einen Arm zum Fenster hinausstrecken und einen Fuß in den Kamin hinaufschieben. „Jetzt ist wirklich kein Platz mehr. Was soll ich bloß tun?“, fragte sie sich.

Zum Glück für Alice hatte das Zauberfläschchen nun seine volle Wirkung entfaltet, und sie wuchs nicht weiter. Aber es war sehr unbequem, und da sie nun

nicht mehr aus dem Zimmer hinauskonnte, war sie natürlich sehr unglücklich.
„Am liebsten wäre ich wieder zu Hause“, dachte die arme Alice, „wo man nicht ständig größer und kleiner wird und nicht von Mäusen und Kaninchen herumkommandiert wird. Ich wünschte fast, ich wäre nicht in den Kaninchenbau hineingelaufen – aber nein, eigentlich ist es doch recht spannend! Wenn ich Märchen gelesen habe, dachte ich immer, so etwas gäbe es nicht, und nun bin ich selbst mitten in einem Märchen! Jemand sollte ein Buch darüber schreiben, und wenn ich groß bin, werde ich selbst eins schreiben – aber ich bin ja jetzt groß“, sprach sie betrübt weiter, „noch größer kann ich bestimmt nicht mehr werden.“
„Aber“, dachte Alice, „werde ich denn nie älter werden, als ich jetzt bin? Das ist ein Trost. Ich werde nie eine alte Frau – aber dann muss ich ja immer Hausaufgaben machen! Oh nein, das will ich nicht!“
„Dumme Alice“, schimpfte sie mit sich selbst. „Wie sollst du denn hier Hausaufgaben machen? Sieh doch, es ist kaum Platz genug für dich, geschweige denn für irgendein Schulbuch!“
Sie redete noch eine Weile mit sich selber, aber nach einigen Minuten hörte sie draußen eine Stimme und horchte.
„Marianne! Marianne!“, rief die Stimme. „Bring mir sofort meine Handschuhe!“ Dann kam ein Trappeln von kleinen Füßen die Treppe herauf. Alice wusste, dass es das Kaninchen war, und sie zitterte so sehr,

dass das ganze Haus bebte. Sie hatte ganz vergessen, dass sie jetzt tausendmal so groß wie das Kaninchen war und sich nicht vor ihm zu fürchten brauchte.
Jetzt kam das Kaninchen an die Tür und wollte sie aufmachen. Da aber die Tür nach innen aufging und Alices Ellbogen fest dagegen gestemmt war, konnte es nicht hinein. Alice hörte, wie es mit sich selbst redete: „Dann werde ich eben durchs Fenster hineinsteigen."

„Das wirst du nicht tun", dachte Alice. Als sie das Kaninchen dicht unter ihrem Fenster hörte, streckte sie plötzlich ihre Hand aus und griff in die Luft. Sie bekam zwar niemanden zu fassen, hörte aber einen schwachen Schrei und ein Plumpsen, dann das Geklirr von zerbrochenem Glas. Wahrscheinlich war jemand ins Gurkenbeet oder etwas Ähnliches gefallen.

Danach hörte sie eine ärgerliche Stimme, die des Kaninchens: „Pat! Pat! Wo bist du?" Und dann eine Stimme, die sie noch nicht gehört hatte: „Wo soll ich sein? Ich bin hier und grabe Äpfel aus, Euer Gnaden!"

„Äpfel ausgraben? So was Unnützes!", sagte das Kaninchen ärgerlich. „Komm lieber her und hilf mir heraus!" (Noch mehr Geklirr von Glasscherben.)

„Nun sag mir, Pat, was ist das da oben im Fenster?"

„Was soll das schon sein? Das is'n Arm, Euer Gnaden!" (Er sprach es „Aaam" aus.)

„Ein Arm, du Esel! Wer hat je einen so großen Arm gesehen? Er verstopft ja das ganze Fenster!"

„Zu dienen, das tut er, Eurer Gnaden; aber en Arm is es, und en Arm bleebt es."

„Jedenfalls hat er da nichts zu suchen, also schaff ihn fort!"

Darauf folgte eine lange Pause, während der Alice sie nur einzelne Worte flüstern hörte, wie: „Zu dienen, des scheint mir nicht, Eurer Gnaden, nee, nee, nee!" und: „Tu, was ich dir sage, du Feigling!" Schließlich streckte sie die Hand wieder aus und griff in die Luft.

Diesmal hörte sie ein leises Wimmern und noch mehr Geklirr von Glasscherben. „Wie viele Gurkenbeete haben die eigentlich?“, dachte Alice. „Ich frage mich, was sie jetzt wohl tun werden. Mich zum Fenster hinausziehen? Wenn das nur ginge! Ich will endlich hier raus!“

Sie wartete eine Zeit lang, ohne etwas zu hören. Endlich ertönte ein Rattern von kleinen Wagenrädern und ein Lärm von mehreren Stimmen, die alle durcheinander redeten: „Wo ist die andere Leiter? – Ich sollte ja nur eine holen! – Wabbel hat die andere. – Wabbel, bring sie her, alter Junge! – Lehnt sie hier gegen die Wand. – Nein, sie müssen erst zusammengebunden werden. – Sie sind immer noch zu kurz. – Ach was, das langt schon, seid nicht so umständlich! – Hier, Wabbel! Fang den Strick – Wird das Dach auch halten? – Pass auf, da ist eine lose Dachpfanne! – Oh, da fällt er! Köpfe einziehen!“ (ein lautes Krachen) „Wessen Schuld war das? – Wabbels, glaube ich. – Wer steigt jetzt in den Schornstein? – Ich nicht! Geh du doch! – Auf keinen Fall! – Wabbel steigt hinein. – He, Wabbel! Der Herr sagt, du sollst in den Schornstein steigen!“

„So, also Wabbel soll durch den Schornstein hereinkommen, wirklich?“, sagte Alice zu sich selbst. „Sie scheinen mir alles auf Wabbel zu schieben, ich möchte nicht an seiner Stelle sein. Der Kamin ist zwar ziemlich eng, aber ein bisschen kann ich bestimmt mit dem Fuß treten!“

Sie zog ihren Fuß so weit herunter, wie sie konnte und wartete, bis sie ein kleines Tier (sie konnte nicht sagen, was für ein Tier es war) im Schornstein kratzen und klettern hörte. Als es dicht über ihr war, sagte sie zu sich: „Das ist Wabbel“, gab ihm einen kräftigen Stoß und wartete dann darauf, was passieren würde.

Zuerst hörte sie einen allgemeinen Chor: „Da fliegt Wabbel!“, dann die Stimme des Kaninchens: „Fangt ihn auf, ihr da bei der Hecke!“, dann Schweigen, dann wieder verworrene Stimmen: „Haltet ihm den Kopf – etwas Branntwein – Erstick ihn doch nicht – Wie geht's, alter Knabe? Was ist denn passiert? Erzähl schon!“

Zuletzt war eine schwache, quiekende Stimme zu hören („Das ist Wabbel“, dachte Alice.): „Ich weiß es ja selbst nicht – Keinen mehr, danke! Es geht mir schon viel besser – aber ich bin viel zu aufgeregt, um euch zu erzählen – Ich weiß nur, da kam irgendetwas von unten, und ich bin hochgeschossen wie 'ne Rakete!“

„Ja, das bist du, alter Knabe!", sagten die anderen.
„Wir müssen das Haus niederbrennen!", rief das Kaninchen. Da schrie Alice so laut sie konnte: „Wenn ihr das tut, werde ich Dina auf euch hetzen!"
Sogleich herrschte tiefes Schweigen, und Alice dachte bei sich: „Was sie wohl jetzt tun werden? Wenn sie Menschenverstand hätten, würden sie das Dach abreißen." Nach einer oder zwei Minuten fingen sie wieder an sich zu rühren, und Alice hörte das Kaninchen sagen: „Eine Karre voll ist für den Anfang genug."
„Eine Karre voll was?", dachte Alice, doch blieb sie nicht lange im Ungewissen, denn im nächsten Augenblick kam ein Schauer von kleinen Kieseln zum Fenster hereingeflogen, von denen einige sie genau ins Gesicht trafen. „Jetzt reicht's aber", sagte sie bei sich und schrie: „Lasst das gefälligst bleiben!", worauf wieder tiefe Stille herrschte.
Alice bemerkte erstaunt, dass die Kiesel sich alle in kleine Kuchen verwandelten, als sie auf dem Boden lagen, und dies brachte sie auf einen glänzenden Gedanken. „Wenn ich einen von diesen Kuchen esse", dachte sie, „wird das bestimmt meine Größe verändern. Und da ich unmöglich noch mehr wachsen kann, werde ich wohl wieder schrumpfen, nehme ich an."
Sie schluckte also einen kleinen Kuchen herunter und merkte zu ihrem Entzücken, dass sie sofort anfing zu schrumpfen. Sobald sie klein genug war, um durch die Tür zu gehen, rannte sie zum Hause hinaus

und fand eine richtige Versammlung von kleinen Tieren und Vögeln davor. Die arme kleine Eidechse, Wabbel, stand in der Mitte, von zwei Meerschweinchen gestützt, die ihm etwas aus einer Flasche zu trinken gaben. Alle stürzten sich auf Alice, sobald sie sich zeigte. Sie lief aber so schnell sie konnte davon und kam bald in einen dichten Wald, wo sie in Sicherheit war.

„Das Wichtigste ist jetzt", sagte sich Alice, als sie durch den Wald ging, „dass ich meine richtige Größe zurückbekomme. Und das Zweitwichtigste ist, den Weg zu dem wunderschönen Garten zu finden. Ja, das ist ein guter Plan."

Es klang zwar wie ein guter Plan – klar und präzise – die einzige Schwierigkeit war nur, dass sie keine Ahnung hatte, wie sie ihn ausführen sollte. Und während sie etwas ratlos zwischen den Bäumen umherschaute, hörte sie plötzlich über sich ein schrilles Bellen.

Ein riesiger Welpe saß dort, sah mit seinen großen Kulleraugen auf sie herab und versuchte, eine Pfote auszustrecken und sie zu berühren. „Armes kleines Ding!", sagte Alice in liebkosendem Ton und versuchte zu pfeifen. Sie hatte große Angst, dass der Hund hungrig wäre – denn dann würde er sie wahrscheinlich auffressen trotz aller Liebkosungen.

Ohne recht zu wissen, was sie tat, hob sie ein Stöckchen auf und hielt es ihm hin. Daraufhin sprang das ungeschickte Tier mit allen vier Füßen zugleich in die

Höhe, bellte entzückt, schnappte nach dem Stöckchen und wollte spielen. Da wich Alice ihm aus und sprang hinter eine große Distel, um nicht umgerannt zu werden. Doch kaum kam sie auf der anderen Seite hervor, lief der junge Hund wieder auf das Stöckchen zu und fiel kopfüber in seiner Eile, es zu schnappen. Alice, der es vorkam, als würde sie mit einem Fuhrmannspferd Verstecken spielen, und die jeden Augenblick fürchtete, von ihm umgerannt zu werden, lief wieder hinter die Distel. Da begann der Hund plötzlich auf das Stöckchen zuzulaufen, wobei er jedes Mal ein klein wenig vorwärts und ein gutes Stück zurückrannte und sich heiser bellte, bis er sich schließlich mit aus dem Maul hängender Zunge und halb geschlossenen Augen hinsetzte.

Dies schien Alice eine gute Gelegenheit zu sein, um den Hund loszuwerden. Sie rannte, bis sie ganz müde war und keine Luft mehr bekam und bis das Bellen nur noch ganz schwach in der Ferne zu hören war.

„Trotzdem war es ein lieber Hund!“, sagte Alice, als sie sich an eine Butterblume lehnte um auszuruhen und sich mit einem der Blätter Luft zufächelte. „Ich hätte ihm gern ein paar Kunststücke beigebracht, wenn ich nur groß genug dazu gewesen wäre! Ach ja, das hätte ich beinahe vergessen, ich muss ja wieder wachsen! Aber wie soll ich das machen? Wahrscheinlich muss ich etwas essen oder trinken, die Frage ist nur, was?“

Das war in der Tat die Frage. Alice schaute sich um

und betrachtete alle Blumen und Grashalme – aber nichts schien das Richtige zu sein. Doch in der Nähe wuchs ein großer Pilz, ungefähr so hoch wie sie. Nachdem sie ihn von unten, von beiden Seiten, von vorne und hinten betrachtet hatte, fiel ihr ein, sie könnte auch nachsehen, was oben darauf war. Sie stellte sich also auf die Zehenspitzen und guckte über den Rand des Pilzes. Sofort begegnete ihr Blick dem einer großen blauen Raupe, die mit verschränkten Armen dasaß und genüsslich aus einer großen Wasserpfeife rauchte, ohne die geringste Notiz von Alice oder sonst irgendjemandem zu nehmen.

## 5. Kapitel

# Guter Rat von einer Raupe

Die Raupe und Alice sahen sich eine Zeit lang schweigend an. Schließlich nahm die Raupe die Wasserpfeife aus dem Mund und fragte gelangweilt: „Wer bist du?“

Das war kein sehr ermutigender Anfang für eine Unterhaltung. Alice antwortete etwas verlegen: „Ich ... ich weiß es im Moment nicht genau. Besser gesagt, ich weiß, wer ich heute früh war, als ich aufgestanden bin, aber ich glaube, ich bin seitdem ein paar Mal vertauscht worden.“

„Was meinst du damit?“, fragte die Raupe streng. „Erklär mir das!“

„Ich kann es nicht erklären“, sagte Alice, „weil ich nicht ich selbst bin, sehen Sie?“

„Ich sehe es nicht“, sagte die Raupe.

„Ich kann es wirklich nicht besser erklären“, erwiderte Alice höflich, „denn ich begreife es selbst nicht. Und wenn man an einem Tag so oft klein und groß wird, ist man schließlich ganz verwirrt, nicht wahr?“

„Nein, es ist nicht wahr“, sagte die Raupe.
„Vielleicht haben Sie es noch nicht erlebt“, sagte Alice, „aber wenn Sie sich in eine Puppe verwandeln, und das müssen Sie über kurz oder lang, wie Sie wissen, und dann in einen Schmetterling, das wird Ihnen doch auch komisch vorkommen, oder?“
„Durchaus nicht“, sagte die Raupe.
„Sie sehen das vielleicht anders“, sagte Alice. „Aber mir würde das sehr komisch vorkommen.“
„Ja, dir!“, sagte die Raupe verächtlich. „Wer bist du denn?“
Womit sie wieder beim Anfang ihrer Unterhaltung angelangt waren. Alice war etwas verärgert, weil die Raupe so kurz angebunden war. Sie machte sich so groß es ging und sagte kühl: „Ich finde, Sie sollten mir zuerst sagen, wer Sie sind!“

„Weshalb?“, fragte die Raupe.
Das war wieder eine schwierige Frage. Da Alice kein guter Grund einfiel und die Raupe scheinbar sehr schlechte Laune hatte, ging Alice einfach fort.
„Komm zurück!“, rief ihr die Raupe nach. „Ich habe dir etwas Wichtiges zu sagen!“
Das klang sehr viel versprechend, deshalb kehrte Alice wieder um und kam zu ihr zurück.
„Sei nicht so empfindlich“, sagte die Raupe.
„Ist das alles?“, fragte Alice und versuchte sich ihren Ärger nicht allzu sehr anmerken zu lassen.
„Nein“, sagte die Raupe.
Alice dachte, da sie sonst nichts zu tun hatte, könnte sie ebenso gut warten. Vielleicht würde die Raupe ja doch noch etwas Wichtiges sagen. Einige Minuten lang rauchte die Raupe schweigend, aber dann nahm sie ihre Wasserpfeife wieder aus dem Mund und sagte: „Du glaubst also, du bist verwandelt?“
„Ich fürchte es fast“, sagte Alice, „ich kann einige Sachen nicht behalten wie sonst, und ich werde ständig größer oder kleiner!“
„Welche Sachen kannst du nicht behalten?“, fragte die Raupe.
„Ach, ich habe versucht ‚Bei einem Wirte‘ aufzusagen, aber es kam ganz falsch heraus!“, antwortete Alice traurig.
„Dann sag doch mal ‚Ihr seid alt, Vater Martin‘ auf“, sagte die Raupe.
Alice faltete die Hände und fing an:

„‚Ihr seid alt, Vater Martin‘, so sprach Junker Tropf,
‚Euer Haar ist schon lange ganz weiß,
Doch steht ihr so gerne noch auf dem Kopf.
Wird Euch denn das nicht zu heiß?‘
‚Als ich jung war‘, der Vater zur Antwort gab,
‚Da glaubt' ich, fürs Hirn sei's nicht gut.
Doch seit ich entdeckt, dass ich gar keines hab,
So tu ich's mit fröhlichem Mut.‘

‚Ihr seid alt‘, sprach der Sohn, ‚wie vorhin schon gesagt,
Und geworden ein gar dicker Mann.
Drum sprecht, wie ihr rücklings den Purzelbaum schlagt.
Potz tausend! Wie fangt ihr's nur an?‘
‚Als ich jung war‘, der Alte mit Kopfschütteln sagt',
‚Da rieb ich die Glieder mir ein
Mit der Salbe hier, die sie geschmeidig macht.
Für zwei Groschen, mein Sohn, ist sie dein.‘

‚Ihr seid alt‘, sprach der Bub, ‚und könnt nicht recht kaun
Und solltet euch nehmen in Acht.
Doch aßt ihr die Gans mit Schnabel und Klaun –
Wie habt ihr das nur gemacht?‘
‚Ich war früher Jurist und hab viel diskutiert,
Besonders mit meiner Frau.
Das hat mir so sehr den Kiefer trainiert,
Dass ich jetzt noch mit Leichtigkeit kau!‘

‚Ihr seid alt', sagt der Sohn, ‚und habt nicht viel Witz,
Und doch seid ihr so geschickt.
Balanciert einen Aal auf der Nasenspitz' –
Wie ist euch das nur geglückt?'
‚Drei Antworten hast du, und damit genug,
Nun lass mich kein Wort mehr hören.
Du Guck-in-die-Welt tust so überklug,
Ich werde dich Mores lehren!'"

„Das ist nicht richtig", sagte die Raupe.
„Nicht ganz richtig, glaube ich", sagte Alice schüchtern, „manche Wörter sind anders herausgekommen."
„Es ist vom Anfang bis zum Ende falsch", sagte die Raupe entschieden, worauf eine Pause von einigen Minuten eintrat.
Die Raupe sprach zuerst wieder.
„Wie groß möchtest du gern sein?", fragte sie.
„Oh, es kommt nicht so genau darauf an", erwiderte Alice schnell. „Nur das ständige Hin und Her ist nicht angenehm, verstehen Sie?"
„Nein!", sagte die Raupe.
Alice antwortete nicht. Noch nie hatte ihr jemand so oft widersprochen, und sie wurde langsam wieder ärgerlich.
„Bist du jetzt zufrieden?", fragte die Raupe.
„Etwas größer wäre ich gern, wenn ich bitten darf", sagte Alice. „Siebeneinhalb Zentimeter ist wirklich zu klein."

„Es ist eine sehr angenehme Größe, finde ich", sagte die Raupe zornig und richtete sich dabei auf (sie war genau siebeneinhalb Zentimeter lang).
„Aber ich bin nicht daran gewöhnt!", verteidigte sich die arme Alice. Bei sich dachte sie: „Ich wünschte, all diese Tiere wären nicht immer gleich beleidigt."
„Du wirst dich mit der Zeit schon daran gewöhnen", sagte die Raupe, steckte ihre Wasserpfeife in den Mund und fing wieder an zu rauchen.
Diesmal wartete Alice geduldig, bis die Raupe von selber anfing zu reden. Nach zwei oder drei Minuten nahm die Raupe die Wasserpfeife aus dem Mund, gähnte und schüttelte sich. Dann kam sie vom Pilz herunter, kroch ins Gras hinein und bemerkte beim Weggehen: „Die eine Seite macht dich größer, die andere Seite macht dich kleiner."
„Die eine Seite von was? Und die andere Seite von was?", dachte Alice.
„Von dem Pilz", sagte die Raupe, als hätte Alice laut gefragt. Und im nächsten Augenblick war sie nicht mehr zu sehen.
Alice blieb eine Weile vor dem Pilz stehen, um herauszufinden, welches seine beiden Seiten waren. Aber da er vollkommen rund war, konnte sie die Frage nicht so leicht beantworten. Schließlich griff sie mit beiden Armen so weit sie konnte um den Pilz herum und brach mit jeder Hand ein Stück vom Rand ab.
„Aber welches ist nun welches?", fragte sie sich und biss ein wenig von dem Stück in ihrer rechten Hand

ab, um die Wirkung auszuprobieren. Im nächsten Augenblick fühlte sie einen heftigen Schmerz am Kinn – es war an ihre Füße gestoßen!
Sie bekam einen ordentlichen Schreck, aber es war keine Zeit zu verlieren, denn sie wurde sehr schnell kleiner. Sie biss also gleich in das andere Stück. Ihr Kinn war so dicht an ihre Füße gedrückt, dass ihr kaum Platz genug blieb, um den Mund aufzumachen. Endlich aber gelang es ihr, ein wenig von dem Stück in ihrer linken Hand herunterzuschlucken.

„Ah! Endlich ist mein Kopf frei!“, rief Alice froh. Aber im nächsten Augenblick verwandelte sich ihre Freude in Angst, weil sie merkte, dass ihre Schultern nirgends zu finden waren. Als sie hinuntersah, konnte sie nichts weiter sehen als einen ungeheuer langen Hals, der sich wie eine Stange aus einem Meer von grünen Blättern erhob, das unter ihr lag.
„Was mag all das grüne Zeug sein?“, fragte sich Alice. „Und wo sind nur meine Schultern geblieben? Und ach, meine armen Hände, wo seid ihr bloß?“ Sie griff bei diesen Worten um sich, aber es passierte weiter nichts als eine kleine Bewegung in den entfernten grünen Blättern.
Da es ihr nicht gelang, die Hände zu ihrem Kopf zu heben, versuchte sie, den Kopf zu den Händen zu bringen. Dabei stellte sie entzückt fest, dass sie ihren Hals in alle Richtungen biegen und wenden konnte, wie eine Schlange. Sie hatte ihn gerade in eine maleri-

sche Zickzack-Linie gewunden und wollte eben in das Blättermeer hinuntertauchen, das, wie sie jetzt sah, durch die Gipfel der Bäume gebildet wurde, unter denen sie noch eben herumgelaufen war, als ein lautes Rauschen sie plötzlich zurückschrecken ließ: Eine große Taube flog ihr mitten ins Gesicht und schlug heftig mit den Flügeln nach ihr.

„Schlange!“, kreischte die Taube.

„Ich bin keine Schlange!“, sagte Alice entrüstet. „Lass mich in Ruhe!“

„Doch, du bist eine Schlange!“, wiederholte die Taube, aber diesmal etwas leiser, und fuhr schluchzend fort: „Alles habe ich versucht, und nichts kann man ihnen recht machen!“

„Ich weiß gar nicht, wovon du redest“, sagte Alice.

„Baumwurzeln habe ich versucht, Flussufer habe ich versucht, Hecken habe ich versucht“, redete die Taube weiter, ohne auf Alice zu achten, „aber diese Schlangen! Nichts ist ihnen recht!“

Alice verstand immer weniger, aber sie ließ die Taube erst mal ausreden.

„Als ob es nicht Mühe genug wäre, die Eier auszubrüten“, sagte die Taube, „da muss ich noch Tag und Nacht auf die Schlangen aufpassen! Kein Auge habe ich in den letzten drei Wochen zugemacht!“

„Es tut mir sehr Leid, dass du so viele Schwierigkeiten gehabt hast“, sagte Alice, die zu verstehen begann, was die Taube meinte.

„Und gerade als ich mir den höchsten Baum im

ganzen Wald ausgesucht habe“, fuhr die Taube mit erhobener Stimme fort, „und gerade als ich dachte, ich wäre sie endlich los, müssen sie sich sogar noch vom Himmel herunterschlängeln! Pfui, du Schlange!“
„Aber ich bin keine Schlange, wie oft soll ich das denn noch sagen?“, rief Alice, „ich bin ein ... ich bin ein ...“
„Nun, was bist du denn?“, fragte die Taube. „Du suchst doch nur nach einer Ausrede!“
„Ich ... ich bin ein kleines Mädchen“, sagte Alice etwas unsicher, weil sie an die vielen Verwandlungen dachte, die sie den Tag über schon durchgemacht hatte.
„Eine schöne Ausrede, allerdings!“, sagte die Taube verächtlich. „Ich habe in meinem Leben genug kleine

Mädchen gesehen, aber nie eines mit solch einem Hals! Nein, nein! Du bist eine Schlange, das kannst du nicht leugnen. Am Ende behauptest du auch noch, dass du noch nie ein Ei gegessen hast."

„Natürlich habe ich schon Eier gegessen", sagte Alice, die ein sehr ehrliches Kind war. „Aber kleine Mädchen essen nun mal Eier, genauso wie Schlangen."

„Das glaube ich nicht", sagte die Taube. „Und wenn sie es doch tun, dann sind sie eben auch eine Art Schlange, meiner Meinung nach."

Diese Ansicht war für Alice so neu, dass sie ein paar Minuten gar nichts mehr sagte. Die Taube nutzte die Gelegenheit und fuhr fort: „Du suchst Eier, das weiß ich ganz genau, und da ist es mir ganz egal, ob du ein kleines Mädchen oder eine Schlange bist!"

„Aber mir ist es nicht egal", sagte Alice schnell. „Übrigens suche ich zufällig keine Eier und deine schon gar nicht. Ich esse sie nämlich nicht gerne roh."

„Dann mach, dass du fortkommst!", sagte die Taube beleidigt und setzte sich wieder auf ihr Nest. Alice duckte sich unter die Bäume so gut sie konnte, denn ihr Hals verwickelte sich ständig in den Zweigen, und mehrere Male musste sie anhalten und ihn losmachen. Nach einer Weile fiel ihr wieder ein, dass sie noch die Pilzstückchen in den Händen hatte, und sie machte sich vorsichtig an die Arbeit. Sie knabberte mal an dem einen, mal an dem anderen Stück und wurde abwechselnd größer und kleiner, bis sie schließlich ihre richtige Größe wiederhatte.

Es war so lange her, dass sie auch nur ungefähr ihre richtige Größe gehabt hatte, dass es ihr erst ganz komisch vorkam. Aber nach einigen Minuten hatte sie sich daran gewöhnt und sprach mit sich selbst wie gewöhnlich. „Schön, nun ist mein Plan ausgeführt! Wie verwirrt man von dem vielen Hin und Her wird! Doch nun kommt es darauf an, in den schönen Garten zu kommen – wie kann ich das nur anstellen? Das würde ich gerne wissen!"

Als sie dies sagte, kam sie an eine Lichtung mit einem kleinen Haus in der Mitte, das ihr ungefähr bis zu den Schultern reichte. „Wer auch immer hier wohnen mag, ich kann mich in meiner jetzigen Größe nicht zeigen – sie würden einen riesigen Schreck bekommen!" Also knabberte sie wieder an dem Stückchen von der rechten Pilzhälfte und wartete, bis sie auf ungefähr fünfundzwanzig Zentimeter geschrumpft war.

6. Kapitel

# Ferkel und Pfeffer

Eine Weile betrachtete sie das Haus, ohne genau zu wissen, was sie nun tun sollte. Plötzlich kam ein Diener aus dem Wald gelaufen. Zumindest hielt sie ihn für einen Diener, weil er wie einer angezogen war, sonst sah er aus wie ein Fisch.
Der Fischdiener klopfte laut an die Tür. Sie wurde von einem anderen Diener geöffnet, der ein rundes Gesicht und große Augen wie ein Frosch hatte, und beide Diener hatten, wie Alice bemerkte, gepuderte Lockenperücken auf dem Kopf. Sie war sehr neugierig, was nun geschehen würde, und schlich sich etwas näher heran, um zuzuhören.

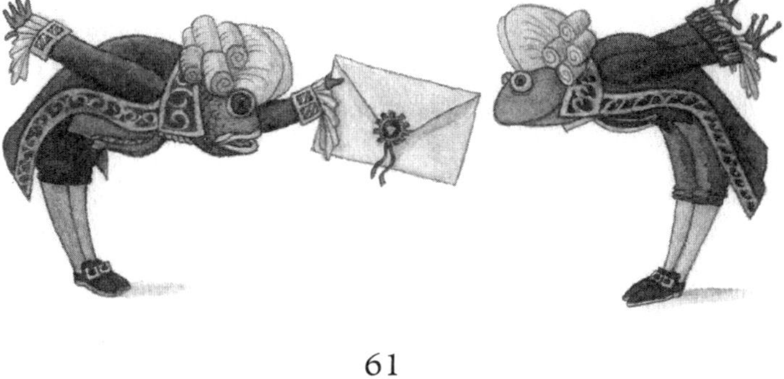

Der Fischdiener begann einen riesigen Brief, der fast so groß war wie er selbst, unter dem Arm hervorzuziehen. Diesen überreichte er dem anderen und sagte feierlich: „Für die Herzogin. Eine Einladung von der Königin zum Krocket."
Der Froschdiener erwiderte in demselben feierlichen Ton, nur in umgekehrter Reihenfolge: „Von der Königin. Eine Einladung für die Herzogin zum Krocket."
Dann verbeugten sich beide tief, und ihre Locken verwickelten sich ineinander.
Darüber lachte Alice so laut, dass sie in das Gebüsch zurücklaufen musste, weil sie fürchtete, dass die Diener sie hören könnten. Als sie wieder herausguckte, war der Fischdiener fort, und der andere saß auf dem Boden neben der Tür und sah dumm in den Himmel hinauf.
Alice ging etwas ängstlich auf die Tür zu und klopfte.
„Anklopfen ist zwecklos", sagte der Diener, „und zwar aus zwei Gründen: Erstens weil ich auf derselben Seite von der Tür bin wie du, und zweitens, weil sie drinnen einen solchen Lärm machen, dass man dich unmöglich hören kann."
Und wirklich herrschte drinnen ein unglaublicher Lärm, ein fortwährendes Heulen und Niesen, und von Zeit zu Zeit ein lautes Krachen, als ob eine Schüssel oder ein Kessel zerbrochen wäre.
„Bitte", sagte Alice, „wie soll ich denn hineinkommen?"
„Du könntest klopfen", fuhr der Diener fort, ohne auf

sie zu hören, „wenn wir die Tür zwischen uns hätten. Zum Beispiel, wenn du drinnen wärst, könntest du klopfen, und ich könnte dich herauslassen, nicht wahr?“ Er sah die ganze Zeit über, während er sprach, in den Himmel hinauf, was Alice sehr unhöflich fand. „Aber vielleicht kann er nichts dafür“, sagte sie sich, „seine Augen sind so hoch oben auf seiner Stirn. Aber trotzdem könnte er mir antworten. – Wie soll ich denn hineinkommen?“, wiederholte sie laut.

„Ich bleibe hier sitzen“, sagte der Diener, „bis morgen ...“

In diesem Augenblick ging die Tür auf, und ein großer Teller kam herausgeflogen, knapp an der Nase des Dieners vorbei, und brach an einem der dahinter stehenden Bäume in tausend Stücke.

„... oder übermorgen, vielleicht“, sagte der Diener in demselben Ton, als ob nichts gewesen wäre.

„Wie soll ich denn hineinkommen?“, fragte Alice wieder, lauter als vorher.

„Sollst du denn überhaupt hineinkommen?“, fragte der Diener. „Das ist die erste Frage, nicht wahr?“

Das stimmte natürlich, nur ließ sich Alice das nicht gern sagen. „Es ist wirklich schrecklich“, murmelte sie vor sich hin, „in welchem Ton diese Tiere hier mit mir reden. Es könnte einen ganz verrückt machen!“

Der Diener nutzte die Gelegenheit, um seine Bemerkung etwas verändert zu wiederholen: „Ich werde hier sitzen“, sagte er, „was auch kommt, Tag für Tag.“

„Was soll ich denn machen?“, frage Alice.

„Was du möchtest“, sagte der Diener und fing an zu pfeifen.
„Es ist sinnlos, mit ihm zu reden“, sagte Alice wütend, „er ist vollkommen blödsinnig!“ Sie machte die Tür auf und ging hinein.
Die Tür führte geradewegs in eine große Küche, die vom einen Ende bis zum anderen voller Rauch war. In der Mitte saß auf einem dreibeinigen Schemel die Herzogin, mit einem Baby auf dem Schoß. Die Köchin stand über das Feuer gebeugt und rührte in einem großen Topf, der voll Suppe zu sein schien.
„In der Suppe ist bestimmt zu viel Pfeffer!“, sagte Alice zu sich und musste gleich darauf fürchterlich niesen.
Der Pfeffer war nicht nur im Topf, sondern auch in der Luft. Sogar die Herzogin nieste hin und wieder, und das Baby nieste und schrie abwechselnd ohne Pause. Die beiden einzigen Wesen in der Küche, die nicht niesten, waren die Köchin und eine große Katze, die vor dem Herd saß und grinste, sodass ihr die Mundwinkel bis an die Ohren reichten.
„Könnten Sie mir bitte sagen“, fragte Alice etwas ängstlich, denn sie wusste nicht genau, ob es unhöflich war, wenn sie zuerst sprach, „warum Ihre Katze so grinst?“
„Es ist eine Grinse-Katze“, sagte die Herzogin, „darum! Du Ferkel!“
Das letzte Wort sagte sie so heftig, dass Alice zusammenfuhr. Aber im nächsten Augenblick sah sie, dass

das Baby gemeint war, und nicht sie. Sie fragte also tapfer weiter: „Ich wusste nicht, dass Katzen manchmal grinsen – ja, ich wusste nicht mal, dass Katzen überhaupt grinsen können."
„Sie können es alle", sagte die Herzogin, „und die meisten tun es auch."
„Ich kenne keine, die es tut", sagte Alice sehr höflich, da sie ganz froh war, eine Unterhaltung angefangen zu haben.
„Du kennst noch nicht viele", sagte die Herzogin, „und das ist die Wahrheit."
Alice gefiel diese Bemerkung gar nicht, und sie versuchte das Thema zu wechseln.
Während sie noch überlegte, worüber sie reden könnte, nahm die Köchin den Topf mit der Suppe vom Feuer und fing sofort an, alles, was ihr in die Finger kam, nach der Herzogin und dem Kind zu werfen. Zuerst die Feuerzange, dann folgte ein Hagel von Pfannen, Tellern und Schüsseln. Die Herzogin beachtete es gar

nicht, selbst dann nicht, wenn sie getroffen wurde, und das Kind heulte sowieso schon so laut, dass man unmöglich sagen konnte, ob es ihm wehtat oder nicht.

„Oh, bitte, passen Sie doch auf!“, rief Alice verzweifelt und sprang hin und her. „Oh, seine kleine Nase!“, jammerte sie, als eine besonders große Pfanne dicht am Kopf des Babys vorbeiflog.

„Wenn sich jeder nur um seine Angelegenheiten kümmern würde“, brummte die Herzogin mit heiserer Stimme, „würde die Welt sich wesentlich schneller drehen als jetzt.“

„Was kein Vorteil wäre“, sagte Alice, die sich über die Gelegenheit freute, ihr Wissen zu zeigen. „Denken Sie nur, wie Tag und Nacht durcheinander kommen würden! Die Erde braucht doch jetzt vierundzwanzig Stunden, um sich um ihre Achse zu drehen ...“

„Axt? Ja, richtig“, sagte die Herzogin. „Hau ihr den Kopf ab!“

Alice sah sich erschrocken nach der Köchin um, ob sie den Befehl befolgen würde. Aber die Köchin rührte heftig in der Suppe und schien nicht zuzuhören. Also fuhr Alice fort: „Vierundzwanzig Stunden, glaube ich, oder sind es zwölf? Ich ...“

„Ach, lass mich in Frieden“, sagte die Herzogin, „ich habe Zahlen nie ausstehen können!“ Und dann fing sie an, ihr Kind zu wiegen und eine Art Wiegenlied dazu zu singen, wobei sie es nach jedem Vers kräftig schüttelte:

„Schimpf deinen kleinen Jungen aus,
Und schlag ihn, wenn er niest.
Er macht es gar so bunt und kraus,
Nur weil es uns verdrießt.“

Während die Herzogin die zweite Strophe des Liedes sang, schaukelte sie das Kind so heftig auf und ab, dass das arme kleine Ding noch lauter schrie und Alice kaum etwas verstehen konnte:

„Ich schelte meinen kleinen Wicht,
Und schlag ihn, wenn er niest.
Ich weiß, wie gern er Pfeffer riecht,
Doch nur, wenn's ihm gefällig ist.“

„Hier, du kannst ihn auch mal halten, wenn du willst!“, sagte die Herzogin zu Alice und warf ihr das Kind zu. „Ich muss mich zurechtmachen, um mit der Königin Krocket zu spielen.“ Dann rannte sie aus dem Zimmer. Die Köchin warf ihr eine Bratpfanne nach, aber sie verfehlte sie knapp.
Alice hatte das Kind mit Mühe und Not aufgefangen, da es ein kleines unförmiges Wesen war, das furchtbar zappelte. Das arme kleine Ding stöhnte wie eine Lokomotive, als sie es fing, krümmte sich und streckte sich wieder aus, sodass sie es in den ersten paar Minuten kaum halten konnte.
Sobald sie aber die richtige Methode entdeckt hatte, wie man es tragen konnte (die darin bestand, es zu ei-

ner Art Knoten zu drehen und es dann fest beim rechten Ohr und linken Fuß zu fassen, damit es sich nicht wieder auseinander drehen konnte), brachte sie es ins Freie.

„Wenn ich dieses Kind nicht mitnehme", dachte Alice, „dann werden sie es bald umgebracht haben. Das wäre doch glatter Mord!" Sie sprach die letzten Worte laut, und das kleine Geschöpf grunzte zur Antwort (es hatte mittlerweile aufgehört zu niesen). „Grunz nicht", sagte Alice, „das tut man nicht."

Das Baby grunzte wieder, und Alice schaute es besorgt an. Es hatte ohne Zweifel eine sehr große Nase, eher eine Schnauze als eine wirkliche Nase. Auch seine Augen waren viel zu klein für ein Baby. Alice war das alles ein bisschen unheimlich. „Aber vielleicht hat es nur geweint", dachte sie und sah ihm in die Augen, ob da irgendwo Tränen waren.

Nein, es waren keine Tränen da. „Wenn du ein kleines Ferkel wirst", sagte Alice ernst, „dann will ich nichts mehr mit dir zu tun haben, merk dir das!"

Das arme kleine Ding schluchzte (oder grunzte, es war unmöglich, es zu unterscheiden), und dann gingen sie eine Weile schweigend weiter.

Alice fing gerade an zu überlegen: „Was soll ich nur zu Hause mit ihm anfangen?", als es wieder grunzte, so laut, dass Alice ihm erschrocken ins Gesicht sah. Diesmal war kein Zweifel möglich: Es war eindeutig ein Ferkel. Sie kam sich mit einem Ferkel im Arm ziemlich albern vor, also setzte sie es ins Gras und war erleichtert, als es ruhig in den Wald trabte. „Das wäre in einigen Jahren ein furchtbar hässliches Kind geworden, aber für ein Ferkel ist es ganz niedlich, finde ich.“ Und so ging sie in Gedanken alle Kinder durch, die sie kannte und die gute kleine Ferkel abgeben würden und sagte gerade zu sich: „Wenn man nur wüsste, wie man sie verwandeln könnte ...“, als sie einen Schreck bekam: Die Grinse-Katze saß nämlich wenige Schritte von ihr entfernt auf einem Baum. Die Katze grinste nur, als sie Alice sah.

„Sie sieht gutmütig aus“, dachte Alice. Aber trotzdem hatte sie sehr lange Krallen und eine Menge Zähne. Alice wollte lieber vorsichtig sein.

„Grinse-Miez“, fing sie etwas ängstlich an, weil sie nicht wusste, ob ihr der Name gefallen würde – aber die Katze grinste nur noch etwas breiter.

„Schön, soweit gefällt es ihr“, dachte Alice und redete weiter: „Könntest du mir vielleicht sagen, welchen Weg ich nehmen muss?“

„Das hängt davon ab, wohin du gehen willst“, sagte die Katze.

„Es ist mir egal, wohin“, sagte Alice.

„Dann ist es auch egal, welchen Weg du nimmst“, sagte die Katze.

„Ich möchte nur irgendwo hinkommen“, fügte Alice als Erklärung hinzu.

„Oh, das wirst du ganz sicher“, sagte die Katze, „wenn du nur lange genug gehst.“

Dagegen konnte Alice nichts einwenden, deshalb ver-

suchte sie es mit einer anderen Frage: „Was für Leute wohnen hier in der Nähe?"
„In der Richtung", sagte die Katze und schwenkte die rechte Pfote, „wohnt ein Hutmacher, und dort", sie schwenkte die andere Pfote, „wohnt ein Faselhase. Besuche, wen du willst: Sie sind beide verrückt."
„Aber ich will nicht zu verrückten Leuten gehen", sagte Alice.
„Oh, das kannst du nicht ändern", sagte die Katze. „Wir sind alle verrückt hier. Ich bin verrückt. Du bist verrückt."
„Woher weißt du, dass ich verrückt bin?", fragte Alice.
„Du musst es sein", sagte die Katze, „sonst wärst du nicht hergekommen."
Alice fand zwar keineswegs, dass das ein Beweis war, aber sie fragte trotzdem weiter: „Und woher weißt du, dass du verrückt bist?"

„Erst einmal“, sagte die Katze, „ein Hund ist nicht verrückt. Das gibst du doch zu?“
„Ja, natürlich!“, sagte Alice.
„Nun, gut“, fuhr die Katze fort. „Ein Hund knurrt, wenn er böse ist, und wedelt mit dem Schwanz, wenn er sich freut. Ich dagegen knurre, wenn ich mich freue, und wedle mit dem Schwanz, wenn ich ärgerlich bin. Also bin ich verrückt.“
„Ich würde es schnurren nennen, nicht knurren“, sagte Alice.
„Nenn es, wie du willst“, sagte die Katze. „Spielst du heute Krocket mit der Königin?“
„Ich würde sehr gern“, sagte Alice, „aber ich bin noch nicht eingeladen worden.“
„Gut, dann sehen wir uns dort“, sagte die Katze und verschwand.
Alice wunderte sich nicht besonders darüber, weil sie schon so daran gewöhnt war, dass sonderbare Dinge geschahen. Während sie noch zu der Stelle sah, wo die Katze gesessen hatte, erschien sie plötzlich wieder.
„Übrigens, was ist aus dem Baby geworden?“, fragte die Katze. „Ich hätte beinahe vergessen zu fragen.“
„Es hat sich in ein Ferkel verwandelt“, antwortete Alice so ruhig, als wenn die Katze auf gewöhnliche Weise zurückgekommen wäre.
„Das dachte ich mir“, sagte die Katze und verschwand wieder.
Alice wartete noch etwas und hoffte, dass die Katze noch einmal zurückkommen würde. Aber sie kam

nicht, und Alice ging in die Richtung, in der der Faselhase wohnen sollte. „Hutmacher habe ich schon gesehen“, sagte sie zu sich, „der Faselhase ist sicher viel interessanter.“

Während sie redete, sah sie auf, und da saß die Katze wieder auf einem Baum. „Sagtest du Ferkel oder Fächer?“, fragte sie.

„Ich sagte Ferkel“, antwortete Alice, „und es wäre mir sehr lieb, wenn du nicht immer so schnell erscheinen und verschwinden würdest, davon wird mir ganz schwindlig.“

„Schon gut“, sagte die Katze, und diesmal verschwand sie ganz langsam, wobei sie mit der Schwanzspitze anfing und mit dem Grinsen aufhörte, das noch einige Zeit sichtbar blieb, nachdem der Rest verschwunden war.

„Oho, ich habe oft eine Katze ohne Grinsen gesehen“, dachte Alice, „aber ein Grinsen ohne Katze – so etwas Merkwürdiges habe ich noch nie gesehen!“

Sie brauchte nicht weit zu gehen, da sah sie schon das Haus des Faselhasen. Es konnte niemand anderem gehören, weil die Schornsteine wie Ohren geformt waren und das Dach mit Pelz bedeckt war. Es war ein so großes Haus, dass sie ein wenig von dem linken Pilzstück abknabberte, um etwas zu wachsen, ehe sie sich näher heranwagte. Trotzdem war sie etwas ängstlich und sagte zu sich: „Hoffentlich ist er nicht völlig verrückt! Vielleicht hätte ich doch lieber erst zum Hutmacher gehen sollen.“

## 7. Kapitel

# Die verrückte Teegesellschaft

Vor dem Haus stand ein gedeckter Teetisch, an dem der Faselhase und der Hutmacher saßen. Zwischen ihnen saß ein Murmeltier. Es war fest eingeschlafen, und die beiden anderen benutzten es als Kissen, um ihre Ellbogen darauf zu stützen, und redeten über seinen Kopf hinweg miteinander.

„Das muss sehr unbequem für das Murmeltier sein", dachte Alice. „Aber vielleicht merkt es nichts davon, weil es schläft."

Der Tisch war groß, aber die drei saßen dicht zusammengedrängt in einer Ecke. „Kein Platz! Kein Platz!", riefen sie, sobald sie Alice kommen sahen. „Wieso? Hier ist doch reichlich Platz!", sagte Alice unwillig und setzte sich in einen großen Polstersessel am Ende des Tisches.

„Möchtest du einen Schluck Wein?", fragte der Faselhase.

Alice sah sich auf dem ganzen Tisch um, aber es war nur eine Teekanne darauf. „Ich sehe keinen Wein", bemerkte sie.

„Es ist auch keiner hier“, sagte der Faselhase.
„Dann war es sehr unhöflich von dir, mir welchen anzubieten“, sagte Alice ärgerlich.
„Es war auch sehr unhöflich von dir, dich uneingeladen herzusetzen“, sagte der Faselhase.
„Ich wusste nicht, dass es dein Tisch ist“, sagte Alice. „Er ist schließlich für mehr als drei Personen gedeckt.“
„Dein Haar muss mal wieder geschnitten werden“,

sagte der Hutmacher. Er hatte Alice eine Weile neugierig betrachtet und bisher noch nichts gesagt.
„Du solltest keine persönlichen Bemerkungen machen“, sagte Alice streng, „das ist taktlos.“
Der Hutmacher riss die Augen weit auf, als er dies hörte, aber er sagte nur: „Was ist der Unterschied zwischen einem Raben und einem Reiter?“
„Jetzt wird es lustig“, dachte Alice. „Rätsel raten kann ich gut.“ Dann sagte sie laut: „Ich glaube, ich weiß es.“
„Willst du damit sagen, dass du die Antwort auf die Frage weißt?“, fragte der Faselhase.
„Ja, natürlich“, sagte Alice.
„Dann solltest du sagen, was du meinst“, redete der Hase weiter.
„Das tue ich doch“, warf Alice schnell ein, „zumindest meine ich, was ich sage – und das ist dasselbe.“
„Nicht im Geringsten!“, sagte der Hutmacher. „Du könntest ebenso gut behaupten, dass ‚ich sehe, was ich esse‘ dasselbe ist wie ‚ich esse, was ich sehe‘.“
„Du könntest auch behaupten“, fügte der Faselhase hinzu, „‚ich mag, was ich kriege‘ sei dasselbe wie ‚ich kriege, was ich mag‘!“
„Du könntest ebenso gut behaupten“, fiel das Murmeltier ein, das offenbar im Schlaf redete, „‚ich atme, wenn ich schlafe‘ sei dasselbe wie ‚ich schlafe, wenn ich atme‘!“
„Bei dir ist es jedenfalls dasselbe“, sagte der Hutmacher, und damit endete die Unterhaltung, und die

Gesellschaft saß einige Minuten schweigend da, während Alice überlegte, was sie über Raben und Reiter wusste – und das war nicht viel.
Der Hutmacher brach das Schweigen zuerst. „Den Wievielten haben wir heute?", fragte er Alice. Er hatte seine Uhr aus der Tasche genommen, sah sie kritisch an, schüttelte sie und hielt sie ans Ohr.
Alice überlegte kurz und sagte: „Den Vierten."
„Dann geht sie zwei Tage nach!", seufzte der Hutmacher. „Ich habe dir gleich gesagt, dass Butter nicht gut für das Uhrwerk ist", setzte er hinzu und sah den Hasen ärgerlich an.
„Es war aber beste Markenbutter", sagte der Faselhase geknickt.
„Dann sind bestimmt Krümel darin gewesen", brummte der Hutmacher. „Du hättest sie nicht mit dem Brotmesser hineinstreichen dürfen."
Der Faselhase nahm die Uhr und betrachtete sie traurig. Dann tunkte er sie in seine Tasse Tee und betrachtete sie wieder, aber es fiel ihm nichts Besseres ein, als das, was er schon gesagt hatte: „Es war wirklich beste Markenbutter."
Alice hatte ihm neugierig über die Schulter gesehen.
„Was für eine komische Uhr!", sagte sie. „Sie zeigt das Datum an und nicht die Uhrzeit!"
„Warum sollte sie auch?", brummte der Hase. „Zeigt deine Uhr vielleicht an, welches Jahr es ist?"
„Natürlich nicht", antwortete Alice schnell, „ein Jahr dauert doch viel zu lang."

„Und so ist es auch mit meiner Uhr“, sagte der Hutmacher.
Alice war ganz verwirrt. Die Erklärung des Hutmachers schien ihr gar keinen Sinn zu machen, und doch klang sie irgendwie logisch. „Ich verstehe dich nicht ganz“, sagte sie, so höflich sie konnte.
„Das Murmeltier schläft schon wieder“, sagte der Hutmacher und goss ihm etwas heißen Tee auf die Nase.
Das Murmeltier schüttelte unwillig den Kopf und sagte, ohne die Augen aufzumachen: „Freilich, freilich, das wollte ich auch gerade sagen.“
„Hast du das Rätsel schon gelöst?“, wandte sich der Hutmacher an Alice.
„Nein, ich gebe auf“, antwortete Alice. „Was ist die Antwort?“
„Ich habe nicht die leiseste Ahnung“, sagte der Hutmacher.
„Ich auch nicht“, sagte der Faselhase.
Alice seufzte verstimmt. „Ihr könntet eure Zeit wirklich besser nutzen als mit Rätseln, die keine Auflösung haben“, sagte sie.
„Wenn du die Zeit so gut kennen würdest wie ich“, sagte der Hutmacher, „würdest du nicht davon reden, wie wir sie nutzen, sondern wie sie uns benutzt.“
„Ich weiß nicht, was du meinst“, sagte Alice.
„Natürlich weißt du das nicht!“, sagte der Hutmacher und hob verächtlich den Kopf. „Du hast wahrscheinlich noch nie mit der Zeit gesprochen.“

„Das kann schon sein“, erwiderte Alice. „Aber Mama hat gestern gesagt, dass ich zu meiner kleinen Schwester gehen und ihr die Zeit vertreiben soll.“
„So? Das hat sie dir bestimmt übel genommen, sie lässt sich nämlich nicht gern vertreiben. Aber wenn man gut mit ihr steht, dann macht sie mit der Uhr fast alles, was man will. Stell dir zum Beispiel vor, es ist acht Uhr morgens, und die Schule fängt gerade an. Dann brauchst du der Zeit nur einen kleinen Wink zu geben und schon ist es halb zwei und Essenszeit!“
„Ich wünschte, das wäre es!“, sagte der Faselhase.
„Das wäre wirklich praktisch“, sagte Alice nachdenklich, „aber dann würde ich nicht hungrig genug sein, oder?“
„Zuerst vielleicht nicht“, antwortete der Hutmacher, „aber es würde so lange halb zwei bleiben, wie du willst.“
„Macht ihr das hier auch so?“, fragte Alice.
Der Hutmacher schüttelte traurig den Kopf. „Ich nicht!“, sagte er. „Ich bin vorige Ostern mit der Zeit aneinander geraten – kurz bevor er verrückt wurde.“ (Er zeigte mit seinem Teelöffel auf den Faselhasen.)

„Es war beim großen Konzert der Herzkönigin. Ich sollte ein Lied singen:

‚Oh Papagei, oh Papagei!
Wie grün sind deine Federn!'

Vielleicht kennst du das Lied?"
„Ich habe so etwas Ähnliches schon mal gehört", sagte Alice.
„So geht es weiter", fuhr der Hutmacher fort:

„Du grünst nicht nur zur Friedenszeit,
Auch wenn es Gras und Töpfe schneit.
Oh Papagei, oh Papagei ..."

Hier schüttelte sich das Murmeltier und fing an im Schlaf zu singen: „Oh Papagei, oh Mamagei, oh Papagei, oh Mamagei ...", und hörte erst wieder auf, als die beiden anderen es ordentlich kniffen.
„Stell dir vor, ich war gerade mit der ersten Strophe fertig", sagte der Hutmacher, „als die Königin rief: Abscheulich! Der Mensch schlägt ja geradezu die Zeit tot mit seinem Geplärre. Hängt ihn auf!"

„Wie furchtbar!“, rief Alice.
„Und seitdem“, sprach der Hutmacher traurig weiter, „stehe ich nicht mehr so gut mit der Zeit, und es ist nun immer sechs Uhr!“
Dies brachte Alice auf einen klugen Gedanken: „Darum stehen hier so viele Tassen, nicht wahr?“, fragte sie.
„Ja, darum“, sagte der Hutmacher mit einem Seufzer, „es ist immer Teestunde, und wir haben keine Zeit, die Tassen zwischendurch abzuwaschen.“
„Dann rückt ihr also immer eine Tasse weiter?“, fragte Alice.
„So ist es“, sagte der Hutmacher, „immer wenn wir eine Tasse lange genug benutzt haben.“
„Aber was macht ihr, wenn ihr wieder an den Anfang kommt?“, fragte Alice weiter.
„Wir wollen jetzt von etwas anderem reden“, unterbrach sie der Faselhase gähnend, „dieses Thema ist mir zu langweilig. Ich schlage vor, die junge Dame erzählt uns eine Geschichte.“
„Oh, ich weiß leider keine“, rief Alice erschrocken.
„Dann soll das Murmeltier etwas erzählen!“, riefen beide. „Wach auf, Murmeltier!“ Dabei kniffen sie es von beiden Seiten gleichzeitig.
Das Murmeltier machte langsam die Augen auf. „Ich habe nicht geschlafen“, sage es mit müder, schwacher Stimme, „ich habe jedes Wort gehört, das ihr gesagt habt.“
„Erzähl uns eine Geschichte!“, sagte der Faselhase.
„Ach ja, bitte!“, bat Alice.

„Und mach schnell“, fügte der Hutmacher hinzu, „sonst schläfst du ein, ehe du sie zu Ende erzählt hast.“

„Es waren einmal drei kleine Schwestern“, fing das Murmeltier eilig an, „die hießen Else, Luzie und Tilli, und sie lebten tief unten in einem Brunnen ...“

„Wovon lebten sie?“, fragte Alice, die sich immer sehr für Essen und Trinken interessierte.

„Sie lebten von Sirup“, antwortete das Murmeltier, nachdem es kurz nachgedacht hatte.

„Das geht doch gar nicht“, bemerkte Alice schüchtern, „da wären sie ja krank geworden.“

„Das wurden sie auch“, sagte das Murmeltier, „sehr krank.“

Alice versuchte sich vorzustellen, wie man in einem Brunnen leben konnte, aber es kam ihr so merkwürdig vor, dass sie weiterfragte: „Aber warum lebten sie unten in dem Brunnen?“

„Willst du nicht noch etwas Tee?“, fragte der Faselhase ernst.

„Noch etwas Tee? Bis jetzt habe ich noch gar keinen gehabt“, antwortete Alice leicht gereizt, „also kann ich nicht noch etwas trinken.“

„Du meinst, du kannst nicht weniger trinken“, sagte der Hutmacher. „Es ist sehr leicht, mehr als keinen Tee zu trinken.“

„Niemand hat dich nach deiner Meinung gefragt“, sagte Alice.

„Wer macht denn nun persönliche Bemerkungen?“, rief der Hutmacher triumphierend.

Alice wusste nicht so recht, was sie darauf antworten sollte. Sie nahm sich daher etwas Tee und ein Butterbrot, und dann wandte sie sich an das Murmeltier und wiederholte ihre Frage: „Warum lebten sie in einem Brunnen?“
Das Murmeltier überlegte einen Augenblick und sagte dann: „Es war ein Sirup-Brunnen.“
„So etwas gibt es nicht!“, fing Alice ärgerlich an, aber der Hutmacher und der Faselhase machten beide: „Sch, sch!“, und das Murmeltier bemerkte brummend: „Wenn du immer dazwischen redest, kannst du die Geschichte selber zu Ende erzählen.“
„Nein, bitte erzähl weiter!“, sagte Alice entschuldigend. „Ich unterbreche dich jetzt auch nicht mehr. Vielleicht gibt es ja wirklich einen Sirupbrunnen.“
„Einen? Hunderte!“, sagte das Murmeltier entrüstet. Doch es ließ sich zum Weitererzählen überreden. „Also, die drei kleinen Schwestern lernten zeichnen, müsst ihr wissen ...“
„Was zeichneten sie denn?“, fragte Alice, die ihr Versprechen schon wieder vergessen hatte.
„Sirup“, antwortete das Murmeltier, diesmal ganz ohne zu überlegen.
„Ich brauche eine saubere Tasse“, unterbrach es der Hutmacher, „rücken wir alle einen Platz weiter.“
Er rückte sofort einen Platz weiter, und das Murmeltier folgte ihm. Der Faselhase rückte an den Platz des Murmeltiers, und Alice nahm, wenn auch ungern, den Platz des Faselhasen ein. Der Hutmacher war der

Einzige, der einen Vorteil von diesem Wechsel hatte, und Alice hatte es viel schlimmer getroffen als zuvor, da der Faselhase gerade den Milchtopf an seinem Platz umgekippt hatte.
Alice wollte das Murmeltier nicht wieder beleidigen und fing daher sehr vorsichtig an: „Aber ich verstehe nicht. Wie konnten sie den Sirup zeichnen?"
„Der Sirup, den du im Laden kaufst, wird doch immer ausgezeichnet", sagte der Hutmacher. „Hast du noch nie gesehen, dass dort draufsteht: feinste Qualität, allerfeinste Qualität, superfeine Qualität – du kleiner Dummkopf?"
„Wie gesagt", fuhr das Murmeltier fort, „lernten sie zeichnen." An dieser Stelle gähnte es und rieb sich die Augen, denn es fing an, sehr schläfrig zu werden. „Und sie zeichneten allerlei – alles, was mit M anfängt ..."
„Warum mit M?", fragte Alice.
„Warum nicht?", sagte der Faselhase.
Das Murmeltier hatte mittlerweile die Augen zugemacht und war halb eingeschlafen. Als aber der Hutmacher es zwickte, wachte es mit einem leisen Quieken auf und erzählte weiter: „... was mit M anfängt, wie Mausefallen, den Mond, Mangel, und manches Mal – ihr wisst schon, man sagt doch manchmal: Ich habe das manches liebe Mal getan – hast du je manches liebe Mal gezeichnet gesehen?"
„Wenn du mich so fragst", sagte Alice verwirrt, „ich denke kaum ..."

„Dann solltest du auch nicht reden“, sagte der Hutmacher.
Jetzt reichte es Alice wirklich: Sie stand beleidigt auf und ging weg. Das Murmeltier schlief augenblicklich wieder ein, und die beiden anderen beachteten ihr Fortgehen gar nicht, obwohl sie sich ein paar Mal umsah, weil sie hoffte, dass sie sie zurückrufen würden. Als sie sich zum letzten Mal umdrehte, sah sie, wie die beiden versuchten, das Murmeltier in die Teekanne zu stecken.
„Da gehe ich nie wieder hin!“, sagte Alice, während sie durch den Wald ging. „Das ist die dümmste Teegesellschaft, bei der ich in meinem ganzen Leben war!“
Gerade als sie das sagte, bemerkte sie, dass einer der Bäume eine kleine Tür hatte. „Das ist sehr merkwürdig!“, dachte sie. „Aber alles ist heute merkwürdig! Ich geh einfach hinein.“
Gesagt, getan: Plötzlich stand sie wieder in dem langen Korridor, dicht bei dem kleinen Glastisch. „Diesmal mach ich es richtig“, sagte sie zu sich selbst, nahm den goldenen Schlüssel und schloss die Tür auf, die in den Garten führte. Anschließend knabberte sie an dem rechten Pilzstück (sie hatte ein Stückchen in der Tasche behalten), bis sie nur noch ungefähr dreißig Zentimeter groß war. Danach ging sie durch die Tür und den kleinen Gang hinunter – und dann war sie endlich in dem schönen Garten mit den herrlichen Blumenbeeten und den kühlen Springbrunnen.

## 8. Kapitel

# Das Krocketspiel der Königin

Gleich neben dem Eingang stand ein Rosenbäumchen. Die Rosen, die daran wuchsen, waren weiß, aber drei Gärtner waren damit beschäftigt, sie rot anzumalen. Alice kam das sehr seltsam vor, und als sie näher trat, um ihnen zuzusehen, hörte sie einen von ihnen sagen: „Pass doch auf, Fünf! Bespritz mich nicht so mit Farbe!"

„Ich kann nichts dafür", sagte Fünf schlecht gelaunt, „Sieben hat mich geschubst."

Worauf Sieben den Kopf hob und sagte: „Recht so, Fünf! Schieb nur immer die Schuld auf andere Leute!"

„Du sei ganz still!", sagte Fünf. „Gestern erst hörte ich die Königin sagen, dass man dir den Kopf abhacken sollte!"

„Weswegen?", fragte der, der zuerst gesprochen hatte.

„Das geht dich nichts an, Zwei!", sagte Sieben.

„Natürlich geht es ihn etwas an!", sagte Fünf, „und ich werde es ihm sagen: Er hat dem Koch Tulpenzwiebeln statt Küchenzwiebeln gebracht."

Sieben warf seinen Pinsel hin und schrie gerade: „Das

stimmt doch gar nicht ...", als er plötzlich Alice sah, die ihnen zuhörte, und den Mund zuklappte. Die anderen sahen sich auch um, und dann verbeugten sich alle drei tief vor Alice.

„Wären Sie so nett, mir zu sagen", begann Alice schüchtern, „warum Sie diese Rosen anmalen?"

Fünf und Sieben antworteten nicht, sondern schauten Zwei an. Zwei stotterte schließlich: „Um die Wahrheit zu sagen, Fräulein, dies hier hätte ein roter Rosenstrauch sein sollen, und wir haben aus Versehen einen weißen gepflanzt, und wenn die Königin das sieht, werden wir alle geköpft, verstehen Sie? Also versuchen wir, so gut es geht, ehe sie kommt ..." In dem Augenblick rief Fünf, der die ganze Zeit ängstlich Ausschau gehalten hatte: „Die Königin! Die Königin!", und die drei Gärtner warfen sich sogleich flach auf den Boden. Es waren die Schritte von vielen Leuten zu hören, und Alice drehte sich neugierig um, damit sie die Königin sehen konnte.

Zuerst kamen zehn mit Lanzen bewaffnete Soldaten. Sie hatten alle dieselbe Gestalt wie die Gärtner: rechteckig, flach und an den vier Ecken die Hände und Füße. Danach kamen zehn Kammerherren, die über und über mit roten Karos bedeckt waren und paarweise gingen wie die Soldaten. Dann kamen die königlichen Kinder. Es waren ebenfalls zehn, und sie kamen vergnügt angesprungen, immer zwei Hand in Hand, mit lauter Herzen geschmückt. Anschließend kamen die Gäste, meist Könige und Königinnen, und unter ihnen erkannte Alice das weiße Kaninchen. Es unterhielt sich aufgeregt mit diesem und jenem, lächelte bei allem, was gesagt wurde und ging vorbei, ohne Alice zu bemerken. Nun folgte der Herzbube, der die königliche Krone auf einem roten Samtkissen trug, und zuletzt in diesem prächtigen Zug kamen der Herzkönig und die Herzkönigin.

Alice wusste nicht recht, ob sie sich auch flach auf den Boden legen sollte, wie die drei Gärtner, aber sie konnte sich nicht erinnern, je von einer solchen Vorschrift bei Festzügen gehört zu haben.
„Und außerdem – wozu sollen Festzüge gut sein“, dachte sie, „wenn alle Leute flach auf dem Boden liegen müssen, sodass sie nichts sehen können?“ Sie blieb also stehen, wo sie war, und wartete.

Als der Zug bei ihr angekommen war, blieben alle stehen und sahen sie an, und die Königin fragte streng: „Wer ist das?“ Sie hatte den Herzbuben gefragt, der, statt eine Antwort zu geben, nur lächelte und eine Verbeugung nach der anderen machte.

„Schafskopf!“, rief die Königin und warf den Kopf ungeduldig zurück, und zu Alice sagte sie: „Wie heißt du, Kind?“

„Mein Name ist Alice, Eure Majestät!“, sagte Alice sehr höflich. Aber sie dachte bei sich: „Ach was, es sind ja nur Spielkarten. Ich brauche mich nicht vor ihnen zu fürchten!“

„Und wer sind diese drei?“, fuhr die Königin fort und zeigte auf die drei Gärtner, die um den Rosenstrauch lagen. Weil sie auf dem Bauch lagen und das Muster auf ihrer Rückseite dasselbe war wie bei allen anderen Spielkarten, konnte sie nicht wissen, ob es Gärtner, Soldaten, Kammerdiener oder drei von ihren eigenen Kindern waren.

„Woher soll ich das wissen?“, fragte Alice und wunderte sich über ihren eigenen Mut. „Und es ist mir auch egal.“

Die Königin wurde knallrot vor Wut, starrte sie einen Moment lang bitterböse an und fing an zu schreien: „Hackt ihr den Kopf ab! Hackt ihr den ...“

„Unsinn!“, sagte Alice sehr laut und bestimmt, und die Königin war still.

Der König legte seine Hand auf ihren Arm und sagte milde: „Bedenke, meine Liebe, es ist nur ein Kind!“

Die Königin wandte sich ärgerlich von ihm ab und sagte zu dem Buben: „Dreh sie um!"
Der Bube tat es sehr geschickt mit einem Fuß.
„Steht auf!", schrie die Königin mit durchdringender Stimme, und die drei Gärtner sprangen sogleich auf und fingen an sich zu verneigen vor dem König, der Königin, den königlichen Kindern und allen anderen.
„Lasst das sein!", ereiferte sich die Königin. „Mir wird davon ganz schwindelig." Dann drehte sie sich nach dem Rosenbäumchen um und fragte: „Was habt ihr hier gemacht?"
„Euer Majestät zu dienen", sagte Zwei demütig und fiel auf die Knie, „wir haben versucht ..."
„Ich sehe es!", sagte die Königin, die unterdessen die Rosen untersucht hatte. „Hackt ihre Köpfe ab!" Der Zug bewegte sich weiter, während drei von den Soldaten zurückblieben, um die unglücklichen Gärtner zu enthaupten, die zu Alice liefen und sie um Schutz baten.
„Ihr sollt nicht getötet werden!", sagte Alice und versteckte sie in einem großen Blumentopf, der in der Nähe stand. Die drei Soldaten suchten eine Weile herum, und dann schlossen sie sich wieder den anderen an.
„Sind ihre Köpfe gefallen?", schrie die Königin sie an.
„Ihre Köpfe sind fort, zu Euer Majestät Befehl!", schrien die Soldaten als Antwort.
„Das ist gut!", schrie die Königin. „Kannst du Krocket spielen?"

Die Soldaten schwiegen und sahen Alice an, da die Frage offensichtlich an sie gerichtet war.
„Ja!“, schrie Alice.
„Dann komm mit!“, brüllte die Königin, und Alice schloss sich dem Zug an, sehr neugierig, was nun geschehen würde.
„Es ist ... es ist ein sehr schöner Tag!“, sagte eine schüchterne Stimme neben ihr. Es war das weiße Kaninchen, das ihr ängstlich ins Gesicht sah.
„Sehr“, sagte Alice, „wo ist die Herzogin?“
„Still! Still!“, sagte das Kaninchen erschrocken. Es sah dabei ängstlich über eine Schulter, stellte sich dann auf die Zehen, hielt den Mund dicht an Alices Ohr und wisperte: „Sie ist zum Tode verurteilt worden.“
„Weswegen?“, frage Alice.
„Sagtest du ‚wie schade‘?“, fragte das Kaninchen.
„Nein, das sagte ich nicht“, sagte Alice, „ich finde gar nicht, dass es schade ist. Ich sagte weswegen?“
„Sie hat der Königin eine Ohrfeige gegeben ...“, fing das Kaninchen an. Alice lachte laut auf.
„Oh, sei still!“, flüsterte das Kaninchen entsetzt. „Die Königin wird dich hören! Sie kam nämlich etwas zu spät, und die Königin sagte ...“
„Macht, dass ihr auf eure Plätze kommt!“, donnerte die Königin, und alle begannen durcheinander zu laufen, wobei einer über den anderen stolperte. Doch nach einigen Minuten war jeder auf seinem Platz, und das Spiel fing an.
Alice hatte noch nie so ein merkwürdiges Krocket-

feld gesehen. Es war voller Buckel und Furchen, die Bälle waren lebendige Igel, und die Schläger lebendige Flamingos, und die Soldaten mussten sich umbiegen und auf Händen und Füßen stehen, um die Tore zu bilden.

Zunächst hatte Alice ziemliche Schwierigkeiten damit, den Flamingo zu halten. Sie konnte zwar ziemlich bequem seinen Körper unter ihrem Arm festhalten, sodass die Füße herunterhingen, aber immer wenn sie gerade seinen Hals schön ausgestreckt hatte und dem Igel einen Schlag mit seinem Kopf geben wollte, richtete er sich auf und sah ihr mit einem so verdutzten Ausdruck ins Gesicht, dass sie laut lachen musste. Wenn sie nun seinen Kopf heruntergebogen hatte und gerade wieder anfangen wollte zu spielen, bemerkte sie verärgert, dass sich der Igel aufgerollt hatte und gerade fortkroch. Außerdem war meistens ein Buckel oder eine Furche gerade da im Weg, wo sie den Igel hinrollen wollte, und da die umgebogenen Soldaten ständig aufstanden und woanders hingingen, kam Alice bald zu der Überzeugung, dass es wirklich ein sehr schweres Spiel war.

Die Spieler spielten alle gleichzeitig, ohne zu warten, bis sie an der Reihe waren. Dabei stritten sie sich die ganze Zeit um die Igel, und in kürzester Zeit war die Königin in heftige Wut geraten, stampfte mit den Füßen auf und schrie ungefähr einmal pro Minute: „Schlagt ihm den Kopf ab!“ oder „Schlagt ihr den Kopf ab!“.

Alice fing an sich etwas unbehaglich zu fühlen. Sie hatte zwar noch keinen Streit mit der Königin gehabt, aber das konnte ja jeden Augenblick passieren – „Und was wird dann aus mir?", dachte sie. „Jeden lässt sie köpfen – es ist ein Wunder, dass überhaupt noch jemand am Leben ist!" Sie sah sich nach einem Ausgang um und überlegte, ob sie sich wohl heimlich fortschleichen könnte, als sie etwas Seltsames in der Luft entdeckte: Zuerst wusste sie nicht, was es war, aber nachdem sie es ein paar Minuten beobachtet hatte, erkannte sie, dass es ein Grinsen war, und sagte zu sich: „Es ist die Grinse-Katze. Jetzt habe ich endlich jemanden, mit dem ich reden kann."

„Wie geht es dir?", fragte die Katze, sobald Mund genug da war, um damit zu sprechen.

Alice wartete, bis die Augen erschienen, und nickte ihr zu. „Es bringt nichts mit ihr zu reden", dachte sie, „bevor ihre Ohren da sind, oder wenigstens eins davon." Im nächsten Augenblick erschien der ganze Kopf, und Alice setzte ihren Flamingo ab und berichtete von dem Spiel, froh, dass ihr jemand zuhörte. Die Katze schien zu meinen, dass jetzt genug von ihr zu sehen war, und es erschien nichts weiter.

„Das Spiel ist sehr ungerecht", klagte Alice, „und sie zanken sich alle so entsetzlich, dass man sein eigenes Wort nicht versteht. Außerdem gibt es keine Spielregeln, oder keiner hält sich daran, und du kannst dir nicht vorstellen, wie es einen verwirrt, dass Bälle, Schläger und Tore lebendig sind. Zum Beispiel geht

das Tor, durch das ich als Nächstes spielen muss, gerade dahinten spazieren, und eben hätte ich den Igel der Königin treffen können, aber er ist fortgerannt, als er meinen Igel kommen sah!"

„Wie gefällt dir die Königin?", fragte die Katze leise.

„Überhaupt nicht", sagte Alice. „Sie hat ..." – da bemerkte sie gerade noch rechtzeitig, dass die Königin dicht hinter ihr stand und zuhörte, also setzte sie hinzu, „die besten Chancen zu gewinnen – eigentlich müssten wir gar nicht mehr weiterspielen."

Die Königin lächelte und ging weiter.

„Mit wem redest du da?", fragte der König, stellte sich neben Alice und betrachtete neugierig den Katzenkopf.

„Das ist eine Freundin von mir – eine Grinse-Katze“, sagte Alice.
„Ihr Aussehen gefällt mir gar nicht“, sagte der König, „sie darf mir aber die Hand küssen, wenn sie will.“
„Oh nein, lieber nicht!“, antwortete die Katze.
„Sei nicht unverschämt“, sagte der König, „und grins nicht so!“ Er versuchte sich hinter Alice zu verstecken.
„Die Katze sieht den König an, der König sieht die Katze an“, sagte Alice. „Das habe ich irgendwo gelesen, ich weiß nur nicht mehr wo.“
„Sie muss fort“, sagte der König entschieden und rief der Königin zu, die gerade vorbeiging: „Meine Liebe! Könntest du diese Katze fortschaffen lassen?“
Die Königin kannte nur eine Art, Schwierigkeiten zu beseitigen: „Schlagt ihr den Kopf ab!“, sagte sie, ohne sich umzusehen.
„Ich werde den Henker selbst holen“, sagte der König eifrig und eilte fort.
Alice dachte, sie sollte wohl lieber zurückgehen und sehen, wie das Spiel stand, als sie die Stimme der Königin in einiger Entfernung kreischen hörte. Sie verurteilte einen Spieler nach dem anderen zum Tode und keiner wusste mehr, wer an der Reihe war.
Alice beschloss, zuerst mal ihren Igel zu suchen. Der Igel kämpfte gerade mit einem andern Igel, und Alice wollte die Gelegenheit nutzen, um beide zu treffen. Die einzige Schwierigkeit war, dass ihr Flamingo zum

anderen Ende des Gartens gegangen war, wo er vergeblich versuchte, auf einen Baum zu fliegen.

Als sie den Flamingo eingefangen und zurückgebracht hatte, war der Kampf vorüber und die beiden Igel nirgends zu sehen. „Was soll's", dachte Alice. „Es sind sowieso schon alle Tore weg." Sie klemmte also ihren Flamingo unter den Arm, damit er nicht wieder fortlaufen konnte, und ging zurück, um sich weiter mit der Katze zu unterhalten.

Als sie zur Katze zurückkam, sah sie erstaunt, dass sich dort ein großer Auflauf gebildet hatte: Es fand ein heftiger Wortwechsel statt zwischen dem Henker, dem König und der Königin, die alle drei gleichzeitig redeten, während die Übrigen ganz still waren und sehr ängstlich aussahen.

Sobald Alice erschien, wurde sie von allen dreien aufgefordert, den strittigen Punkt zu entscheiden. Sie wiederholten alle ihre Argumente, aber weil alle zugleich sprachen, konnte Alice kaum verstehen, was sie sagten.

Der Henker behauptete, dass man keinen Kopf abschlagen könne, wenn kein Körper daran wäre, von dem man ihn abschlagen könne, dass er so etwas noch nie getan hätte und nicht daran dächte, jetzt damit anzufangen.

Der König behauptete, dass alles, was einen Kopf habe, geköpft werden könne, und dass man nicht so viel Unsinn schwatzen solle.

Die Königin behauptete, dass sie die ganze Gesellschaft köpfen lassen würde, wenn nicht augenblicklich etwas geschehe. (Das war der Grund, warum alle so stumm und ängstlich herumstanden.)

Alice fiel nichts Besseres ein als zu sagen: „Die Katze gehört der Herzogin, am besten fragen wir sie."

„Sie ist im Gefängnis", sagte die Königin zum Henker, „hol sie her." Und der Henker lief wie der Blitz davon. Da wurde der Katzenkopf immer undeutlicher, und gerade in dem Augenblick, als der Henker mit der Herzogin zurückkam, verschwand er völlig. Der König und der Henker liefen aufgeregt umher, um ihn zu suchen, während die übrige Gesellschaft zum Spielfeld zurückging.

## 9. Kapitel

# Die Geschichte der falschen Schildkröte

Du kannst dir gar nicht vorstellen, wie froh ich bin, eine so gute alte Freundin wieder zu sehen!", sagte die Herzogin, hakte sich liebevoll bei Alice ein und spazierte mit ihr durch den Garten.

Alice war sehr erleichtert, dass sie so gute Laune hatte, und dachte bei sich, dass es vielleicht nur der Pfeffer gewesen war, der sie bei ihrem ersten Treffen in der Küche so wütend gemacht hatte.

„Wenn ich einmal Herzogin bin", dachte sie (es war ja immerhin möglich), „werde ich gar keinen Pfeffer in meiner Küche dulden. Suppe schmeckt auch sehr gut ohne – es ist bestimmt immer der Pfeffer, der die Leute so hitzig macht." Der Gedanke gefiel ihr so gut, dass sie ihn weiter ausbaute: „Und Essig macht sauer, und Kamillentee macht bitter, und Bonbons machen brav – vor allem Kinder. Ich wünschte nur, die Erwachsenen würden das einsehen, dann wären sie nicht so sparsam damit ..."

Sie hatte währenddessen die Herzogin ganz vergessen und zuckte zusammen, als sie deren Stimme dicht an ihrem Ohr hörte: „Du denkst an etwas, meine Liebe, und vergisst dabei ganz zu sprechen. Ich weiß zwar im Moment nicht, was das für eine tiefere Bedeutung hat, aber es wird mir gleich wieder einfallen."

„Vielleicht hat es gar keine", sagte Alice mutig.

„Aber, aber, mein Kind!", sagte die Herzogin. „Alles hat eine tiefere Bedeutung, man muss sie nur finden." Dabei drängte sie sich dichter an Alice heran.

Alice mochte es nicht besonders, dass sie ihr so nahe kam, denn erstens war die Herzogin sehr hässlich, und zweitens stützte sie ihr Kinn auf Alices Schulter, und es war ein unangenehm spitzes Kinn. Da sie aber nicht unhöflich sein wollte, ertrug sie es, so gut es ging.

„Das Spiel läuft jetzt besser", sagte sie, um die Unterhaltung fortzuführen.

„So ist es", sagte die Herzogin, „und die tiefere Bedeutung davon ist: ‚Mit Pfeffer und Gesang hält man die Welt im Gang!'"

„Wer hat denn noch mal gesagt", murmelte Alice, „dass jeder vor seiner eigenen Tür fegen soll?"

„Ah, sehr gut, das bedeutet ungefähr dasselbe", sagte die Herzogin und bohrte ihr spitzes Kinn in Alices Schulter. Dann fügte sie hinzu: „Und die tiefere Bedeutung davon ist: ‚Viele Köche essen den Brei.'"

„Wo nimmt sie nur all die Sprichwörter her?", dachte Alice.

„Du wunderst dich wahrscheinlich, warum ich nicht

meinen Arm um dich lege“, sagte die Herzogin nach einer Pause, „die Wahrheit ist, ich traue deinem Flamingo nicht ganz. Soll ich es versuchen?“

„Er könnte beißen“, erwiderte Alice, die es lieber nicht versuchen wollte.

„Das stimmt“, sagte die Herzogin, „Flamingos und Senf beißen beide. Und die tiefere Bedeutung davon ist: ‚Gleich und Gleich gesellt sich schwer.‘“

„Aber der Flamingo ist ein Vogel, und Senf ist kein Vogel“, wandte Alice ein.

„Du hast Recht, wie immer“, sagte die Herzogin, „wie klar du alles siehst!“

„Senf ist, glaube ich, ein Mineral“, sagte Alice.

„Natürlich“, sagte die Herzogin, die allem, was Alice sagte, zuzustimmen schien. „Hier in der Nähe ist ein großes Senfbergwerk mit riesigen Minen. Und die tiefere Bedeutung davon ist, dass wir böse Miene zum guten Spiel machen müssen.“

„Oh, jetzt weiß ich's!“, rief Alice, die gar nicht mehr zugehört hatte. „Senf ist eine Pflanze. Er sieht nicht so aus, aber er ist eine.“

„Ich stimme dir vollkommen zu“, sagte die Herzogin, „und die tiefere Bedeutung davon ist: ‚Sei, was du zu scheinen wünschst!‘ oder einfacher ausgedrückt: ‚Bilde dir nie ein verschieden von dem zu sein, was anderen erscheint, wie du warst oder gewesen sein möchtest.‘“

„Ich glaube, ich würde das besser verstehen“, sagte Alice höflich, „wenn ich es aufgeschrieben sehen

würde. Ich kann nicht ganz folgen, wenn Sie es sagen."
„Das ist noch gar nichts gegen das, was ich sagen könnte, wenn ich wollte", antwortete die Herzogin selbstzufrieden.
„Bitte, bemühen Sie sich nicht!", sagte Alice.
„Das ist doch keine Mühe!", sagte die Herzogin. „Ich schenke dir gerne jedes Wort!"
„Ein schönes Geschenk!", dachte Alice, „ich bin froh, dass man so was nicht zum Geburtstag bekommt!"
Aber sie traute sich nicht, das laut zu sagen.
„Wieder in Gedanken?", fragte die Herzogin und grub ihr spitzes Kinn tiefer in Alices Schulter.
„Ich habe das Recht nachzudenken, so viel ich will", sagte Alice gereizt, denn die Unterhaltung fing an, ihr langweilig zu werden.
„Genau so viel Recht", sagte die Herzogin, „wie Ferkel zum Fliegen, und die tiefere B..."
Aber zu Alices Erstaunen stockte hier die Stimme der Herzogin, und zwar mitten in ihrem Lieblingsausdruck „tiefere Bedeutung", und der Arm, der in ihrem eingehakt war, fing an zu zittern. Alice sah auf, und da stand die Königin vor ihnen, mit über der Brust gekreuzten Armen, und schaute drohend wie ein Gewitter.
„Ein schöner Tag heute, nicht wahr, Majestät?", fing die Herzogin mit zitternder Stimme an.
„Ich warne Sie", schrie die Königin und stampfte da-

bei mit dem Fuß auf: „Entweder verschwinden Sie oder Ihr Kopf! Sie haben die Wahl!“

Die Herzogin wählte und verschwand eilig.

„Wir wollen weiterspielen“, sagte die Königin zu Alice, die viel zu erschrocken war, um etwas zu erwidern und ihr langsam zum Krocketfeld folgte.

Die übrigen Gäste hatten die Abwesenheit der Königin genutzt, um im Schatten auszuruhen. Sobald sie sie jedoch kommen sahen, eilten sie augenblicklich zum Spiel zurück, und die Königin bemerkte nebenbei, dass ihnen jede Minute Trödelei den Kopf kosten würde.

Während des ganzen Spiels hörte die Königin nicht auf, mit den anderen Spielern zu zanken und zu schreien: „Schlagt ihm den Kopf ab!“ oder „Schlagt ihr den Kopf ab!“ Diejenigen, die verurteilt worden waren, wurden von den Soldaten in Gewahrsam genommen. Dazu mussten die Soldaten natürlich aufhören, die Tore zu bilden, sodass nach ungefähr einer halben Stunde keine Tore mehr übrig waren, und alle Spieler, außer dem König, der Königin und Alice, in Gewahrsam und zum Tod verurteilt waren.

Da hörte die Königin, ganz außer Atem, auf und sagte zu Alice: „Hast du die falsche Schildkröte schon besucht?“

„Nein“, sagte Alice. „Ich weiß nicht einmal, was eine falsche Schildkröte ist.“

„Es ist das, woraus falsche Schildkrötensuppe gemacht wird“, sagte die Königin.

„Ich habe weder eine gesehen, noch von einer gehört“, sagte Alice.
„Komm schnell“, sagte die Königin, „sie soll dir ihre Geschichte erzählen.“
Als sie miteinander fortgingen, hörte Alice den König leise zu der ganzen Versammlung sagen: „Ihr seid alle begnadigt!“
„Ach, das ist ein Glück!“, sagte sie zu sich, denn sie war wegen der vielen Enthauptungen, die die Königin angeordnet hatte, sehr besorgt gewesen.
Sie kamen bald zu einem Greif, der in der Sonne lag und schlief. (Wenn ihr nicht wisst, was ein Greif ist, seht euch das Bild an.)
„Aufstehen, du Faulpelz“, sagte die Königin, „bring dieses kleine Fräulein zu der falschen Schildkröte, sie möchte gern ihre Geschichte hören. Ich muss zurück und nach einigen Hinrichtungen sehen, die ich angeordnet habe.“
Dann ging sie fort und ließ Alice mit dem Greifen allein. Der Anblick des Tieres gefiel Alice nicht besonders. Aber sie dachte sich, dass er auch nicht gefährlicher sein konnte als die grausame Königin.

Der Greif richtete sich auf und rieb sich die Augen. Dann sah er der Königin nach, bis sie verschwunden war und schüttelte sich. „Ein guter Witz!“, sagte der Greif, halb zu sich selbst, halb zu Alice.
„Was ist ein guter Witz?“, frage Alice.
„Sie“, sagte der Greif. „Sie bildet sich das alles nur ein. Niemand wird niemals nicht hingerichtet. Komm schnell!“
„Jeder sagt hier, komm schnell“, dachte Alice, als sie ihm langsam folgte, „so viel bin ich in meinem Leben noch nie hin und her kommandiert worden, nein, in meinem ganzen Leben nicht!“
Sie brauchten nicht weit zu gehen, da sahen sie schon die falsche Schildkröte in einiger Entfernung, wie sie einsam und traurig auf einem Felsen saß. Und als sie näher kamen, hörte Alice sie seufzen, als ob ihr das Herz brechen wollte. Sie bedauerte sie von Herzen.
„Was für einen Kummer hat sie?“, fragte sie den Greifen, und der Greif antwortete fast mit denselben Worten wie zuvor: „Sie bildet sich das alles nur ein, sie hat niemals keinen Kummer nicht. Komm schnell!“
Sie gingen also näher an die falsche Schildkröte heran, die sie mit Augen voller Tränen anblickte.
„Das kleine Fräulein hier“, sagte der Greif, „sie sagt, sie möchte gern deine Geschichte hören.“
„Ich will sie ihr erzählen“, sagte die falsche Schildkröte mit tiefer, hohler Stimme. „Setzt euch beide her und sagt kein Wort, bis ich fertig bin.“
Sie setzten sich hin, und niemand sprach mehrere

Minuten lang. Alice dachte: „Ich begreife nicht, wie sie je fertig werden kann, wenn sie nicht anfängt.“ Aber sie wartete geduldig.

„Einst“, sagte die falsche Schildkröte endlich mit einem tiefen Seufzer, „war ich eine echte Schildkröte.“

Auf diese Worte folgte ein sehr langes Schweigen, das nur hin und wieder unterbrochen wurde durch das Räuspern des Greifen, das wie „Hickrrh!“ klang, und durch das heftige Schluchzen der falschen Schildkröte. Alice wollte schon aufstehen und sagen: „Vielen Dank für die interessante Geschichte!“, aber dann dachte sie wieder, dass doch noch etwas kommen müsste. Deshalb blieb sie sitzen und sagte nichts.

„Als wir klein waren“, sprach die falsche Schildkröte endlich weiter und schluchzte jetzt nur noch hin und wieder kurz auf, „gingen wir zur Schule in die See. Die Lehrerin war eine alte Schildkröte, wir nannten sie Fräulein Schaltier ...“

„Warum nanntet ihr sie Fräulein Schaltier?“, fragte Alice.

„Weil sie uns jeden Tag ausschalt natürlich“, sagte die falsche Schildkröte ärgerlich, „du bist wirklich sehr dumm.“

„Du solltest dich schämen, eine so dumme Frage zu stellen“, setzte der Greif hinzu, und dann saßen beide da und sahen schweigend die arme Alice an, die am liebsten im Erdboden versunken wäre. Endlich sagte der Greif zu der falschen Schildkröte: „Mach weiter! Lass uns nicht den ganzen Tag warten!“

Und sie fuhr fort: „Ja, wir gingen zur Schule in die See, ob ihr es glaubt oder nicht ...“

„Ich habe nicht gesagt, dass ich es nicht glaube“, unterbrach sie Alice.

„Doch, das hast du“, sagte die falsche Schildkröte.

„Halt den Mund!“, fügte der Greif hinzu, ehe Alice antworten konnte. Die falsche Schildkröte fuhr fort: „Wir gingen in die allerbeste Schule und hatten jeden Tag Unterricht.“

„Das haben wir auf dem Land auch“, sagte Alice, „darauf brauchst du dir nicht so viel einzubilden.“

„Habt ihr auch Wahlfächer?“, fragte die falsche Schildkröte etwas kleinlaut.

„Ja“, sagte Alice, „Französisch und Musik.“
„Auch Wäsche?“, fragte die falsche Schildkröte.
„Nein, natürlich nicht!“, sagte Alice entrüstet.
„Ach so! Dann gehst du in keine wirklich gute Schule“, sagte die falsche Schildkröte beruhigt. „In unserer Schule stand immer am Ende der Schulrechnung: ‚Französisch, Musik und – Wäsche extra‘.“
„Wozu brauchtet ihr denn Wäsche“, fragte Alice, „wenn ihr auf dem Grund des Meeres wart?“
„Wir konnten die Wahlfächer sowieso nicht bezahlen“, sagte die falsche Schildkröte mit einem Seufzer. „Ich hatte nur den regulären Unterricht.“
„Und was war das?“, fragte Alice.
„Legen und Treiben, natürlich, zu allererst“, erwiderte die falsche Schildkröte. „Und dann die vier Rechenarten: Zusehen, Abziehen, Vervielfraßen und Stehlen.“
„Ich habe noch nie von Vervielfraßen gehört“, warf Alice ein. „Was ist das?“
Der Greif hob entgeistert beide Klauen: „Noch nie von Vervielfraßen gehört“, rief er aus. „Du weißt doch, was Verhungern ist, oder?“
„Ja“, sagte Alice unsicher, „es heißt ... nichts essen ... und davon sterben.“
„Nun“, fuhr der Greif fort, „Vervielfraßen ist das Gegenteil von Verhungern, das weiß doch jeder Idiot!“
Alice traute sich nicht, weiter danach zu fragen und wandte sich daher an die falsche Schildkröte mit der Frage: „Was hattet ihr sonst noch für Fächer?“
„Nun, erstens Gewichte“, erwiderte die falsche

Schildkröte, indem sie die Fächer an den Pfoten abzählte, „alte und neue Gewichte, außerdem Seeographie, dann Springen – der Springlehrer war ein alter Stockfisch, der ein Mal in der Woche zu uns kam und uns Pfoten reiben und Unarten, meerschwimmig Springen, Schillern und Imponieren beibrachte."

„Wie geht denn das?", fragte Alice.

„Ich kann es dir nicht selbst zeigen", sagte die falsche Schildkröte, „ich bin zu steif. Und der Greif hat es nicht gelernt."

„Hatte keine Zeit", sagte der Greif. „Ich hatte aber Unterricht in den alten Sprachen. Der Lehrer war ein alter Barsch, ja das war er."

„Bei dem bin ich nicht gewesen", sagte die falsche Schildkröte mit einem Seufzer, „so viel ich weiß, lehrte er Zebräisch und Greifisch."

„Das stimmt", sagte der Greif, der nun ebenfalls seufzte, worauf beide Tiere ihre Gesichter schluchzend in den Pfoten vergruben.

„Und wie viele Schüler wart ihr in einer Klasse?", fragte Alice, die schnell das Thema wechseln wollte.

„Zehn am ersten Tag", sagte die falsche Schildkröte, „neun am nächsten und so weiter."

„Wie merkwürdig!", rief Alice.

„Keineswegs – dafür sind doch die Lehrer da, damit sie die Klasse von Tag zu Tag leeren."

Dies war ein ganz neuer Gedanke für Alice, mit dem sie sich eine Weile beschäftigte, ehe sie wieder eine

Bemerkung machte. „Am elften Tag hatten dann alle frei, oder?“
„Natürlich!“, sagte die falsche Schildkröte.
„Und was war am zwölften Tag?“, fuhr Alice eifrig fort.
„Schluss jetzt mit der Schule“, unterbrach der Greif sehr bestimmt. „Erzähl ihr jetzt lieber etwas von euren Spielen.“

## 10. Kapitel

# Das Hummer-Ballett

Die falsche Schildkröte seufzte tief und wischte sich mit der Pfote über die Augen. Sie sah Alice an und versuchte zu sprechen, aber ein bis zwei Minuten lang wurde ihre Stimme durch lautes Schluchzen erstickt. „Vielleicht steckt ihr ein Knochen im Hals", sagte der Greif und begann sie zu schütteln und ihr auf den Rücken zu klopfen.

Schließlich fand die Schildkröte ihre Stimme wieder und erzählte weiter, während ihr Tränen über die Wangen flossen: „Du hast wahrscheinlich noch nicht so häufig unter Wasser gelebt ..."

„Nein", sagte Alice.

„... und vielleicht hast du nie die Bekanntschaft eines Hummers gemacht ..."

Alice wollte gerade sagen: „Ich habe schon mal einen gegessen", aber sie hielt sich rechtzeitig zurück und sagte: „Nein, noch nicht."

„Dann kannst du dir auch nicht vorstellen, wie reizend ein Hummer-Ballett ist", fuhr die falsche Schildkröte fort.

„Nein, das kann ich wirklich nicht“, sagte Alice. „Was für eine Art Tanz ist das?“
„Nun“, sagte der Greif, „erst stellt man sich in einer Reihe am Strand auf ...“
„In zwei Reihen!“, rief die falsche Schildkröte. „Seehunde, Schildkröten, Lachse und so weiter. Dann, wenn alle Seesterne aus dem Weg geräumt sind ...“
„Was immer einige Zeit dauert“, unterbrach der Greif.
„... geht man zwei Schritte vorwärts ...“
„Jeder mit einem Hummer als Partner“, rief der Greif.
„Natürlich“, sagte die falsche Schildkröte. „Also, man geht zwei Schritte vorwärts, jedes Paar gemeinsam ...“
„... wechselt den Hummer und geht wieder zwei Schritte zurück“, fuhr der Greif fort.
„Dann, stell dir vor“, fiel die falsche Schildkröte ein, „wirft man die ...“
„Die Hummer!“, schrie der Greif und machte einen Luftsprung.

„... so weit ins Meer, wie man kann ...“, fuhr die Schildkröte fort.
„Schwimmt ihnen nach ...“, kreischte der Greif.
„Schlägt einen Purzelbaum im Wasser ...“, rief die falsche Schildkröte und sprang auf und ab.
„Wechselt den Hummer wieder ...“, heulte der Greif mit erhobener Stimme.
„Und schwimmt zurück an Land – das ist die erste Figur“, sagte die falsche Schildkröte mit unvermittelt leiser Stimme.
Dann setzten sich beide Tiere, die eben noch wie verrückt herumgesprungen waren, traurig und still hin und sahen Alice an.
„Es muss ein sehr hübscher Tanz sein“, sagte Alice vorsichtig.
„Möchtest du eine kleine Probe sehen?“, fragte die falsche Schildkröte.
„Sehr gern“, sagte Alice.
„Komm, lass uns die erste Figur versuchen!“, sagte die falsche Schildkröte zum Greifen. „Es geht auch ohne Hummer, glaube ich. Wer soll singen?“
„Oh, du singst!“, sagte der Greif. „Ich weiß den Text nicht mehr.“
Und sie fingen an, feierlich im Kreis um Alice herum zu tanzen. Manchmal traten sie ihr auf die Füße, wenn sie ihr zu nahe kamen. Die falsche Schildkröte sang dazu, sehr langsam und traurig, das folgende Lied:

„Zu der Schnecke sprach ein Weißfisch:
‚Kannst du denn nicht schneller gehen?
Siehst du denn nicht, dass dort alle
Schildkröten und Hummer stehen?
Hinter uns, da kommt ein Meerschwein,
Und es tritt mir auf den Schwanz.
Und sie warten an dem Strande,
Dass wir kommen zu dem Tanz.
Willst du denn nicht, willst du denn nicht,
Willst du kommen zu dem Tanz?

Nein, du kannst es nicht ermessen,
Wie so herrlich es wird sein,
Nehmen sie uns mit den Hummern,
Werfen uns ins Meer hinein!‘
Doch die Schnecke wollt nicht tanzen:
‚Das gefällt mir doch nicht ganz!
Viel zu weit, zu weit! Ich danke –
Nein, ich geh nicht mit zum Tanz!
Nein, ich kann, ich mag, ich will nicht,
Kann nicht kommen zu dem Tanz!‘

Und der Weißfisch sprach dagegen:
‚Es kommt doch nicht drauf an wie weit!
Ist doch wohl ein andres Ufer,
Drüben auf der andren Seit!
Und noch viele schöne Küsten
Gibt es in dem ganzen Land.
Wart nicht, meine liebe Schnecke,

Komm geschwind mit mir zum Tanz!
Willst du denn nicht, willst du denn nicht,
Willst du kommen zu dem Tanz?'"

„Danke sehr, dieser Tanz ist wirklich sehr interessant", sagte Alice, obwohl sie sich freute, dass er endlich vorüber war. „Und das komische Lied vom Weißfisch hat mir besonders gut gefallen!"

„Oh, was die Weißfische angeht", sagte die falsche Schildkröte, „die hast du doch schon mal gesehen, oder?"

„Ja", sagte Alice, „ich habe sie schon oft gesehen, beim Mitt..." Sie hielt schnell inne.

„Ich weiß nicht, wer Mitt sein soll", sagte die falsche Schildkröte, „aber da du sie so oft gesehen hast, weißt du natürlich, wie sie aussehen, oder?"

„Ja, ich glaube schon", sagte Alice nachdenklich, „sie haben den Schwanz im Maul und sind mit Semmelbröseln bestreut."

„Falsch", sagte die falsche Schildkröte, „die Semmelbrösel würden im Wasser doch sofort abgespült. Aber den Schwanz haben sie im Maul, und der Grund dafür ist ...", an dieser Stelle gähnte die falsche Schildkröte und machte die Augen zu. „Sag du ihr, warum", sagte sie zum Greif.

„Der Grund ist", sagte der Greif, „dass sie unbedingt beim Hummer-Ballett mittanzen wollten. So wurden sie aufs Meer hinausgeworfen, drehten in der Luft einen Purzelbaum nach dem anderen, bis sie sich in

den eigenen Schwanz bissen. Nachher kriegten sie ihn nicht wieder heraus, und genauso ist es passiert."
„Vielen Dank", sagte Alice, „das ist sehr interessant. Ich habe noch nie so viel über Weißfische gelernt wie heute."
„Ich kann dir noch mehr über sie erzählen, wenn du willst", sagte der Greif. „Weißt du, warum die Weißfische Weißfische heißen?"
„Ich habe darüber noch nicht nachgedacht", sagte Alice. „Warum?"
„Weil", sagte der Greif mit tiefer, feierlicher Stimme, „weil man so wenig von ihnen weiß. Nun musst du uns aber auch etwas von deinen Abenteuern erzählen."
„Ich könnte euch erzählen, was ich seit heute Morgen alles erlebt habe", sagte Alice verlegen, „aber von ges-

tern zu erzählen, wäre ganz unnütz, weil ich da noch jemand anders war."

„Erkläre das etwas deutlicher", sagte die falsche Schildkröte.

„Nein, erst die Abenteuer", sagte der Greif ungeduldig, „Erklärungen dauern immer so schrecklich lange."

Alice fing also an, ihnen ihre Abenteuer von da an zu erzählen, als sie das weiße Kaninchen zum ersten Mal gesehen hatte. Zuerst war sie noch etwas unsicher, aber die beiden Tiere rissen vor Spannung Mund und Augen auf, sodass sie nach und nach immer mutiger wurde. Ihre Zuhörer lauschten stumm vor Staunen, bis sie an die Stelle kam, wo sie der Raupe ‚Ihr seid alt, Vater Martin' aufgesagt hatte, und wo lauter falsche Wörter herausgekommen waren. Da holte die falsche Schildkröte tief Luft und sagte: „Das ist sehr merkwürdig."

„Es ist sogar noch merkwürdiger als merkwürdig", sagte der Greif.

„Es kam alles ganz falsch heraus", wiederholte die Schildkröte gedankenvoll. „Ich möchte wissen, ob das auch passiert, wenn sie uns etwas aufsagt. Sag ihr, dass sie anfangen soll." Sie sah den Greif an, als ob sie meinte, dass er größeren Einfluss auf Alice hätte.

„Steh auf und sag ‚Preisend mit viel schönen Reden' auf", sagte der Greif.

„Wie diese Tiere einen herumkommandieren und Gedichte aufsagen lassen!", dachte Alice. „Das ist ja fast wie in der Schule!" Sie stand aber trotzdem auf und fing an, das Gedicht aufzusagen. Aber ihr Kopf war so voll von dem Hummer-Ballett, dass sie ganz durcheinander geriet und das Gedicht sich sehr merkwürdig anhörte:

„Preisend mit viel schönen Kniffen
Seiner Scheren Wert und Zahl,
Stand der Hummer vor dem Spiegel
Mit dem schönen roten Schal.
‚Herrlich', sprach der Fürst der Krebse,
‚Steht mir dieser lange Bart!'
Rückt die Füße mit der Nase auswärts,
Als er dieses hat gesagt."

„Das ist anders, als ich es in der Schule gelernt habe", sagte der Greif.
„Ich habe es zwar noch nie gehört", sagte die falsche Schildkröte, „aber es klingt wie kompletter Unsinn."
Alice sagte nichts. Sie setzte sich hin, bedeckte das Gesicht mit beiden Händen und überlegte, ob wohl je wieder irgendetwas normal sein würde.
„Erklär es mir", sagte die falsche Schildkröte.
„Sie kann es nicht erklären", warf der Greif schnell ein. „Sag den nächsten Vers auf."
„Aber das mit den Füßen?", fragte die falsche Schildkröte wieder. „Wie kann er sie mit der Nase auswärts rücken?"
„Das ist die erste Position beim Tanzen", sagte Alice.

Sie war wegen all dem so entsetzlich verwirrt, dass sie am liebsten aufgehört hätte.
„Sag den nächsten Vers auf!“, wiederholte der Greif ungeduldig. „Er fängt so an: ‚Seht mein Land …‘“
Alice traute sich nicht, nein zu sagen, obwohl sie überzeugt war, dass alles falsch herauskommen würde. Also fuhr sie mit zitternder Stimme fort:

„‚Seht mein Land und grüne Fluten‘,
Sprach ein fetter Lachs vom Rhein.
‚Goldne Schuppen meine Rüstung,
Und mit Austern trink ich Wein.‘“

„Wozu sollen wir uns das dumme Zeug anhören“, unterbrach sie die falsche Schildkröte, „wenn sie es uns nicht erklären kann? Es ist das verworrenste Gefasel, das ich je gehört habe!“
„Ja, ich glaube auch, es ist besser, du hörst auf“, sagte der Greif, und Alice gehorchte nur zu gern.
„Sollen wir noch eine Figur vom Hummer-Ballett versuchen?“, fuhr der Greif fort. „Oder möchtest du, dass die falsche Schildkröte dir ein Lied vorsingt?“
„Oh, ein Lied! Bitte, wenn die falsche Schildkröte möchte“, antwortete Alice so begeistert, dass der Greif etwas beleidigt sagte: „Hm! Die Geschmäcker sind eben verschieden! Also los, sing ihr schon das Lied von der Schildkrötensuppe vor!“
Die falsche Schildkröte seufzte tief auf und fing an, mit Tränen erstickter Stimme zu singen:

„Schöne Suppe, so schwer und so grün,
Dampfend in der heißen Terrin'!
Wem nach einem so schönen Gericht
Wässerte denn der Mund wohl nicht?
Wu-huhunderschöne Su-hu-huppe!
Kö-hö-hönigin der Su-hu-huppen,
Wunder-wunderschöne Suppe!

Schöne Suppe, wer fragt noch nach Fisch,
Fleisch oder was sonst auf dem Tisch?
Alles lassen wir stehen zu preisen
Allein die wunderschöne Suppe.
Wu-huhunderschöne Su-hu-huppe!
Kö-hö-hönigin der Su-hu-huppen,
Wunder-wunderschöne Suppe!

„Gleich noch einmal!", rief der Greif begeistert, und die falsche Schildkröte wollte gerade beginnen, als der Ruf: „Das Verhör fängt an!", in der Ferne erscholl. „Komm schnell!", rief der Greif, nahm Alice bei der Hand und lief fort, ohne auf das Ende des Liedes zu warten.

„Was für ein Verhör?", keuchte Alice beim Laufen, aber der Greif antwortete nur: „Komm schnell!" und rannte weiter, während ihnen schwächer und schwächer die traurige Melodie folgte:

„Kö-hö-hönigin der Su-hu-huppen,
Wunder-wunderschöne Suppe!"

## 11. Kapitel

# Wer hat die Kuchen gestohlen?

Der Herzkönig und die Herzkönigin saßen auf ihrem Thron, und eine große Menge war um sie versammelt – alle möglichen kleinen Vögel und Tiere, außerdem das ganze Kartenspiel.

Der Herzbube stand in Ketten gelegt und von zwei Soldaten bewacht vor dem Thron. Neben dem König stand das weiße Kaninchen und hielt in der einen Hand eine Trompete und in der anderen eine Pergamentrolle. In der Mitte des Gerichtssaales stand auf einem Tisch ein Teller mit lauter Kuchenstücken. Sie sahen so lecker aus, dass Alice bei ihrem bloßen Anblick schon der Magen knurrte und sie dachte: „Hoffentlich ist das Verhör bald vorbei, und sie reichen die Erfrischungen herum."

Alice war noch nie in einem Gerichtssaal gewesen, aber sie hatte in ihren Büchern davon gelesen und war ziemlich stolz darauf, dass sie wusste, wie alles hieß.

„Das ist der Richter", sagte sie zu sich, „wegen seiner großen Perücke."

Der Richter war übrigens der König, und er trug die Krone über der Perücke. Das sah nicht besonders bequem und außerdem ziemlich lächerlich aus.
„Und die zwölf kleinen Tiere da sind vermutlich die Geschworenen", dachte Alice. Sie wiederholte dieses Wort in Gedanken zwei bis drei Mal, weil sie so stolz darauf war. Sie glaubte nämlich, und das mit Recht, dass wenige kleine Mädchen in ihrem Alter überhaupt etwas über diese Dinge wussten.
Die zwölf Geschworenen schrieben alle eifrig auf ihre Schiefertafeln. „Was tun sie da?", fragte Alice den Greif ins Ohr. „Bevor das Verhör beginnt, gibt es doch noch nichts zu notieren."
„Sie schreiben ihre Namen auf", flüsterte ihr der Greif ins Ohr, „weil sie Angst haben, sie zu vergessen, bevor das Verhör zu Ende ist."
„Solche Dummköpfe!", platzte Alice laut heraus. Aber dann schwieg sie erschrocken, denn das weiße Kaninchen rief: „Ruhe im Saal!", und der König setzte seine Brille auf und spähte umher, um zu sehen, wer der Ruhestörer war.
Alice sah, dass alle Geschworenen „Solche Dummköpfe!" auf ihre Tafeln schrieben, und sie sah auch, dass einer von ihnen nicht wusste, wie es geschrieben wird und seinen Nachbarn fragen musste. „Die Tafeln werden ordentlich voll geschmiert sein, wenn das Verhör vorüber ist!", dachte Alice.
Einer der Geschworenen hatte einen Griffel, der furchtbar quietschte. Das konnte Alice nicht ertragen,

weshalb sie auf die andere Seite des Saales ging und dem Schreiber den Griffel einfach wegnahm. Sie machte das so schnell, dass der arme Geschworene (es war Wabbel, die Eidechse) überhaupt nicht begreifen konnte, wo sein Griffel hingekommen war. Nachdem er ihn überall gesucht hatte, musste er schließlich mit dem Finger schreiben, was natürlich nicht viel nützte, da man es nicht sehen konnte.

„Herold, verlies die Anklage!“, sagte der König.
Da blies das weiße Kaninchen drei Mal in die Trompete, entfaltete danach die Pergamentrolle und las:

„Herzkönigin buk Kuchen,
Juchheissassah, juchhe!
Herzbube kam, die Kuchen nahm.
Wo sind sie nun? Oh weh!“

„Gebt euer Urteil ab!“, sagte der König zu den Geschworenen.
„Noch nicht, noch nicht!“, unterbrach ihn das Kaninchen schnell. „Davor kommt noch einiges.“
„Lasst den ersten Zeugen eintreten!“, sagte der König, worauf das Kaninchen drei Mal in die Trompete blies und ausrief: „Erster Zeuge!“
Der erste Zeuge war der Hutmacher. Er kam herein, eine Tasse in der einen Hand und ein Stück Butterbrot in der anderen. „Ich bitte um Verzeihung, Eure Majestät, dass ich das mitbringe – aber ich war nicht ganz fertig mit meinem Tee, als nach mir geschickt wurde.“
„Du hättest aber damit fertig sein sollen“, sagte der König. „Wann hast du denn damit angefangen?“
Der Hutmacher sah den Faselhasen an, der ihm in den Gerichtssaal gefolgt war, Arm in Arm mit dem Murmeltier. „Am vierzehnten März, glaube ich“, sagte er.
„Fünfzehnten“, sagte der Faselhase.
„Sechzehnten“, fügte das Murmeltier hinzu.

„Nehmt das zu Protokoll", sagte der König zu den Geschworenen, und die Geschworenen schrieben eifrig die drei Daten auf ihre Tafeln, addierten sie dann und rechneten die Summe in Mark und Pfennige um.
„Nimm deinen Hut ab", sagte der König zum Hutmacher.
„Es ist nicht meiner", sagte der Hutmacher.
„Gestohlen!", rief der König den Geschworenen zu, die das sofort notierten.
„Ich will ihn verkaufen", fügte der Hutmacher als Erklärung hinzu. „Mir gehört kein Einziger. Ich bin ein Hutmacher."
Da setzte sich die Königin die Brille auf und fing an, den Hutmacher scharf zu beobachten, was ihn sehr blass und unruhig machte.
„Mach deine Aussage", sagte der König, „und sei nicht so ängstlich, oder ich lasse dich auf der Stelle hängen."
Dies beruhigte den Zeugen offensichtlich nicht. Er trat von einem Fuß auf den anderen, sah die Königin ängstlich an und biss in seiner Verwirrung ein großes Stück von seiner Teetasse ab statt von seinem Butterbrot.
Gerade in diesem Augenblick spürte Alice etwas, das sie sich nicht erklären konnte, bis sie endlich merkte, was es war: Sie fing wieder an zu wachsen! Erst wollte sie sofort aufstehen und den Gerichtssaal verlassen, aber dann beschloss sie zu bleiben, wo sie war, so lange sie Platz genug hatte.

„Du brauchtest wirklich nicht so zu drängeln“, sagte das Murmeltier, das neben ihr saß. „Ich kriege ja kaum Luft.“

„Ich kann nichts dafür“, sagte Alice verlegen, „ich wachse.“

„Du darfst hier nicht wachsen“, sagte das Murmeltier.

„Rede nicht solchen Unsinn“, sagte Alice empört. „Du weißt genau, dass du auch wächst.“

„Ja, aber ich wachse vernünftig“, sagte das Murmeltier, „nicht so verrückt wie du.“ Dann stand es beleidigt auf und ging auf die andere Seite des Saales.

Die ganze Zeit über hatte die Königin ständig den Hutmacher angestarrt, und gerade als das Murmeltier durch den Saal ging, sagte sie zu einem der Gerichtsbeamten: „Bring mir die Liste der Sänger vom letzten Konzert!“ Woraufhin der unglückliche Hutmacher so zitterte, dass er beide Schuhe verlor.

„Mach deine Aussage“, wiederholte der König ärgerlich, „oder ich werde dich hinrichten lassen, ob du ängstlich bist oder nicht.“

„Ich bin ein armer Mann, Eure Majestät“, begann der Hutmacher mit zitternder Stimme, „ich wollte nur meinen Tee trinken, vor einer Woche ungefähr, als es plötzlich Teller und Töpfe in den Tee schneite.“

„Teller und Töpfe – was?“, fragte der König.

„Es fing mit dem Tee an“, erwiderte der Hutmacher.

„Natürlich fangen Teller und Töpfe mit einem T an. Hältst du mich für einen Esel? Rede weiter!“

„Ich bin ein armer Mann“, fuhr der Hutmacher fort,

„und seitdem schneite alles ... der Faselhase sagte nur ...“
„Nein, ich hab’s nicht gesagt!“, unterbrach ihn der Faselhase schnell.
„Du hast es wohl gesagt!“, rief der Hutmacher.
„Ich streite es ab!“, sagte der Faselhase.
„Er streitet es ab!“, sagte der König. „Streicht den Teil der Aussage.“
„Gut, auf jeden Fall hat das Murmeltier gesagt ...“, fuhr der Hutmacher fort und sah sich ängstlich um, ob es auch alles abstreiten würde. Aber das Murmeltier bestritt nichts, denn es war fest eingeschlafen. „Dann“, sprach der Hutmacher weiter, „schnitt ich mir noch ein Butterbrot ab ...“
„Aber was hat das Murmeltier denn gesagt?“, fragte einer der Geschworenen.
„Das habe ich vergessen“, sagte der Hutmacher.
„Aber es muss dir wieder einfallen“, sagte der König, „sonst lasse ich dich köpfen.“
Der arme Hutmacher ließ Tasse und Butterbrot fallen und fiel auf die Knie. „Ich bin ein armer Mann, Euer Majestät“, fing er an.
„Du bist ein armseliger Zeuge“, sagte der König.
Hier klatschte eins der Meerschweinchen Beifall, was sofort von den Gerichtsdienern unterbunden wurde. (Da dies ein etwas komplizierter Vorgang war, soll er hier näher beschrieben werden. Die Gerichtsdiener nahmen einen großen Leinensack mit Schnüren zum Zusammenziehen. Da hinein wurde das Meer-

schweinchen gesteckt, den Kopf nach unten, die Schnüre wurden zusammengezogen, und dann setzten sie sich darauf.)

„Wie gut, dass ich das jetzt mal gesehen habe“, dachte Alice. „Ich habe so oft in der Zeitung gelesen: ‚Das Publikum fing an, Beifall zu klatschen, was aber sofort von den Gerichtsdienern unterbunden wurde‘, und ich konnte bis jetzt nie verstehen, was das genau bedeutet.“

„Wenn das alles ist, was du zu sagen hast, dann kannst du jetzt abtreten“, fuhr der König fort.

„Ich kann nichts mehr abtreten“, sagte der Hutmacher. „Ich stehe doch schon auf Strümpfen da.“

„Dann warte, bis du wieder gefragt wirst“, erwiderte der König.

Hier klatschte das zweite Meerschweinchen Beifall, was wieder unterbunden wurde.

„Ha, das war das letzte Meerschweinchen“, dachte Alice, „nun wird es schneller vorangehen.“

„Ich möchte lieber meinen Tee zu Ende trinken“, sagte der Hutmacher mit einem ängstlichen Blick auf die Königin, die die Liste der Sänger durchlas.

„Du kannst gehen“, sagte der König, worauf der Hutmacher eilig den Gerichtssaal verließ, ohne sich die Zeit zu nehmen, seine Schuhe anzuziehen.

„... und draußen hackt ihm doch den Kopf ab“, sagte die Königin zu einem Beamten. Aber der Hutmacher war nicht mehr zu sehen, als der Beamte die Tür erreicht hatte.

„Ruft den nächsten Zeugen!", sagte der König.
Der nächste Zeuge war die Köchin der Herzogin. Sie trug die Pfefferbüchse in der Hand, und Alice ahnte schon, bevor sie in den Saal trat, wer nun kam, weil alle Leute in der Nähe der Tür auf einmal anfingen zu niesen.
„Mach deine Aussage", sagte der König.
„Nein!", antwortete die Köchin.
Der König sah unsicher das weiße Kaninchen an, das leise sagte: „Eure Majestät, Sie müssen diese Zeugin ins Kreuzverhör nehmen."
„Nun, wenn ich das muss, dann muss ich das wohl", seufzte der König, verschränkte die Arme, zog die Augenbrauen so fest zusammen, dass seine Augen kaum mehr zu sehen waren, und sagte mit tiefer Stimme: „Woraus macht man Kuchen?"
„Pfeffer, hauptsächlich", sagte die Köchin.
„Sirup", sagte eine schläfrige Stimme hinter ihr.
„Nehmt dieses Murmeltier fest!", kreischte die Königin. „Köpft es! Schafft es aus dem Saal! Unterbindet es! Kneift es! Brennt ihm den Bart ab!"
Einige Minuten lang war das ganze Gericht in Aufruhr, um das Murmeltier fortzuschaffen. Und als endlich alle wieder zur Ruhe gekommen waren, war die Köchin verschwunden.
„Macht nichts!", sagte der König und sah aus, als falle ihm ein Stein vom Herzen. „Ruft den nächsten Zeugen." Und zur Königin gewandt, fügte er leise hinzu: „Wirklich, meine Liebe, du musst das nächste Kreuz-

verhör übernehmen, meine Arme sind schon ganz lahm."

Alice beobachtete das weiße Kaninchen, das die Liste durchging. Sie war sehr neugierig, wer wohl der nächste Zeuge sein würde. „Denn sie haben noch nicht viel Beweismaterial", dachte sie. Ihre Überraschung war groß, als das weiße Kaninchen quiekte: „Alice!"

## 12. Kapitel

# Alice ist die Klügste

Hier!", rief Alice und vergaß völlig, wie sehr sie in den letzten Minuten gewachsen war. Sie sprang so schnell auf, dass sie mit ihrem Rock die Bank vor sich umstieß, sodass alle Geschworenen in hohem Bogen durch die Luft flogen und auf die Zuhörer unten im Saal fielen. Da lagen sie hilflos herum und erinnerten Alice an ein Glas mit Goldfischen, das sie in der vorigen Woche aus Versehen umgestoßen hatte.

„Oh, ich bitte um Verzeihung", rief sie bestürzt und fing an, die Geschworenen so schnell wie möglich wieder aufzusammeln. Denn der Unfall mit den Goldfischen schwirrte ihr noch im Kopf herum, und sie hatte das Gefühl, dass die Geschworenen ganz schnell wieder in ihrer Bank sitzen müssten, weil sie sonst ersticken würden.

„Das Verhör kann erst fortgesetzt werden", sagte der König ernst, „wenn alle Geschworenen wieder auf ihren Plätzen sind – alle", wiederholte er mit großem Nachdruck und sah dabei Alice fest an.

Alice sah zur Geschworenenbank und bemerkte, dass

sie in der Eile die Eidechse kopfüber hineingesetzt hatte, und der arme Willi bewegte den Schwanz trübselig hin und her, da er sich sonst nicht bewegen konnte. Sie zog ihn schnell wieder heraus und setzte ihn richtig hinein. „Es ist zwar eigentlich egal", dachte sie, „ob er bei dem Verhör mit dem Kopf nach oben oder nach unten in der Bank sitzt."

Sobald sich die Geschworenen von dem Schreck erholt und ihre Tafeln und Griffel wieder gefunden hatten, machten sie sich eifrig daran, die Geschichte ihres Unfalls aufzuschreiben – alle außer der Eidechse, die zu verstört war, um etwas zu tun. Sie saß nur mit offenem Mund da und starrte die Saaldecke an.

„Was weißt du von dieser Sache?", fragte der König Alice.

„Nichts!", sagte Alice.

„Überhaupt nichts?", fragte der König nach.

„Überhaupt nichts!", sagte Alice.

„Das ist sehr wichtig", sagte der König zu den Geschworenen. Sie wollten das gerade auf ihre Tafeln schreiben, als das weiße Kaninchen ihn unterbrach.

„Unwichtig, meinten Eure Majestät natürlich!", sagte es ehrfurchtsvoll, sah den König dabei aber mit gerunzelter Stirn an.

„Unwichtig, natürlich", bestätigte der König schnell und sagte halblaut zu sich: „Wichtig – unwichtig – unwichtig – wichtig", als ob er ausprobieren würde, welches Wort am besten klang.

Einige der Geschworenen schrieben „wichtig" auf

und einige „unwichtig." Alice konnte das sehen, weil sie nah genug war, um auf ihre Tafeln zu schauen. „Aber es kommt nicht im Geringsten darauf an, was sie schreiben", dachte sie.
In diesem Augenblick rief der König, der eifrig in seinem Notizbuch geschrieben hatte, plötzlich: „Ruhe!" und las dann aus seinem Buch vor: „Gesetz Nummer 42: Alle Personen, die größer als 50 Meter sind, haben den Gerichtshof zu verlassen."
Alle sahen Alice an.
„Ich bin keine 50 Meter groß", sagte Alice.
„Das bist du wohl", sagte der König.
„Sogar beinahe hundert", fügte die Königin hinzu.
„Auf jeden Fall werde ich nicht weggehen", sagte Alice, „übrigens ist das kein gültiges Gesetz – Sie haben es sich gerade erst ausgedacht."
„Es ist das älteste Gesetz in diesem Buch", sagte der König.
„Dann müsste es die Nummer eins und nicht 42 sein", sagte Alice.
Der König wurde blass und machte sein Notizbuch schnell zu. „Fällt euer Urteil!", sagte er leise und mit zitternder Stimme zu den Geschworenen.
„Noch nicht, Majestät, es sind noch mehr Beweise aufzunehmen", sagte das weiße Kaninchen und sprang eilig auf. „Dieses Schreiben ist soeben gefunden worden."
„Was steht drin?", fragte die Königin.
„Ich habe es noch nicht geöffnet", sagte das weiße

Kaninchen, „aber es scheint ein Brief von dem Angeklagten an ... an irgendjemand zu sein."
„Ja, so wird es wohl sein", sagte der König, „an niemand schreibt man schließlich nicht so oft."
„An wen ist es adressiert?", fragte einer der Geschworenen.
„Es ist gar nicht adressiert", sagte das weiße Kaninchen. „Auf dem Umschlag steht überhaupt nichts." Es faltete bei diesen Worten das Papier auseinander und sprach weiter: „Es ist gar kein Brief, es sind Verse."
„Sind sie in der Handschrift des Gefangenen?", fragte ein anderer Geschworener.
„Nein, das sind sie nicht", sagte das weiße Kaninchen, „und das ist außerordentlich merkwürdig." (Die Geschworenen sahen alle ganz verdutzt aus.)
„Er muss die Handschrift von jemand anders nachgeahmt haben", sagte der König. (Die Gesichter der Geschworenen klärten sich wieder auf.)
„Eure Majestät, bitte", sagte der Herzbube, „ich habe es nicht geschrieben, und niemand kann beweisen, dass ich es geschrieben habe, denn es ist keine Unterschrift darunter."
„Wenn du es nicht unterschrieben hast", sagte der König, „dann macht das die Sache nur schlimmer. Du musst schlechte Absichten gehabt haben, sonst hättest du wie ein ehrlicher Mann deinen Namen darunter gesetzt."
Hierauf folgte allgemeines Beifallklatschen. Es war

der erste wirklich kluge Satz, den der König an diesem Tag gesagt hatte.
„Das beweist seine Schuld“, sagte die Königin.
„Es beweist überhaupt nichts!“, sagte Alice. „Ihr wisst ja noch nicht einmal, wovon die Verse handeln!“
„Lies sie vor!“, sagte der König.
Das weiße Kaninchen setzte seine Brille auf. „Wo befehlen Eure Majestät, dass ich anfangen soll?“, fragte es.
„Fang beim Anfang an“, sagte der König ernst, „und lies bis zum Ende, dann hör auf.“
Dies waren die Verse, die das weiße Kaninchen vorlas:

„Ich höre ja, du warst bei ihr,
Und dass er mir es gönnt.
Sie sprach, sie hielte viel von mir,
Wenn ich nur schwimmen könnt'!
Er schrieb an sie, ich ginge nicht
(Nur wussten wir es gleich):
Wenn ihr viel an der Sache liegt,
Was würde dann aus euch?
Ich gab ihr eins, sie gab ihm zwei,
Ihr gabt uns drei Mal vier.
Jetzt sind sie hier, er steht dabei,
Doch alle gehörten erst mir.
Würd ich und sie vielleicht darin
Verwickelt und verfahren,
Vertraut er dir, sie zu befrein,
Gerade wie wir waren.

Ich dachte schon in meinem Sinn,
Eh sie den Anfall hätt',
Ihr wärt derjenige, der ihn,
Es und uns hindertet.
Sag ihm um keinen Preis, dass ihr
Die andern lieber war'n,
Denn keine Seele außer dir und mir
darf dies je erfahr'n."

„Das ist das wichtigste Beweisstück, das wir bis jetzt gehört haben", sagte der König und rieb sich die Hände. „Lasst die Geschworenen ..."
„Wenn einer von ihnen erklären kann, was das alles bedeutet", sagte Alice (sie war in den letzten paar Minuten so sehr gewachsen, dass sie sich nicht mehr

davor fürchtete, den König zu unterbrechen), „dann bekommt er von mir einen Preis. Ich finde, dass das Gedicht völlig unsinnig ist."

Die Geschworenen schrieben alle auf ihre Tafeln: „Sie findet, dass das Gedicht völlig unsinnig ist", aber keiner versuchte, das Schriftstück zu erklären.

„Wenn kein Sinn darin ist", sagte der König, „können wir uns die Mühe sparen, danach zu suchen. Und trotzdem weiß ich nicht ...", fuhr er fort, breitete das Papier auf seinen Knien aus und betrachtete es prüfend, „... es kommt mir vor, als wäre doch etwas Sinn darin: ‚Wenn ich nur schwimmen könnt' – du kannst nicht schwimmen, nicht wahr?", wandte er sich an den Buben.

Der Bube schüttelte traurig den Kopf und fragte: „Seh ich etwa so aus?" (Was natürlich nicht der Fall war, weil er ganz aus Pappe bestand.)

„Das trifft also so weit zu", sagte der König und las die Verse weiter halblaut durch. „‚Nur wussten wir es gleich' – das sind die Geschworenen, natürlich – ‚Ich gab ihr eins, sie gab ihm zwei' – damit sind natürlich die Kuchen gemeint ..."

„Aber es geht weiter: ‚Jetzt sind sie hier'", sagte Alice.

„Freilich, da sind sie ja! Er steht doch daneben!", sagte der König triumphierend und zeigte dabei auf die Kuchenstücke auf dem Tisch und auf den Buben. „Das ist doch völlig klar! Aber dann wieder ‚Eh sie den Anfall hätt'' – du hast nie einen Anfall gehabt, meine Liebe, glaube ich", sagte er zu der Königin.

„Niemals“, rief die Königin wütend und warf dabei der Eidechse ein Tintenfass an den Kopf. (Der arme kleine Wabbel hatte aufgehört, mit dem Finger auf seiner Tafel zu schreiben, als er merkte, dass es keine Spuren hinterließ. Doch nun fing er schnell wieder an und benutzte dabei die Tinte, die von seinem Gesicht herabtropfte, solange der Vorrat reichte.)

„Dann ist dies nicht dein Fall“, sagte der König und blickte lächelnd in den Saal. Alles blieb totenstill.

„Das war ein Witz!“, fügte der König ärgerlich hinzu, und sofort lachten alle. „Die Geschworenen sollen jetzt das Urteil fällen“, sagte der König bestimmt zum zwanzigsten Mal.

„Nein, nein!“, rief die Königin. „Erst die Hinrichtung, dann das Urteil.“

„Unsinn!“, sagte Alice laut. „Was für ein Unsinn – erst die Hinrichtung, dann das Urteil!“

„Halt den Mund!“, schrie die Königin und wurde puterrot.

„Ich will nicht!“, sagte Alice.

„Schlagt ihr den Kopf ab!“, brüllte die Königin so laut sie konnte. Niemand rührte sich.

„Wen interessiert es schon, was Sie sagen?“, rief Alice. (Sie hatte inzwischen ihre volle Größe wieder erreicht.) „Und ihr seid nur ein dummes Kartenspiel!“

Bei diesen Worten erhoben sich alle Spielkarten in die Luft und flogen auf sie herab. Alice schrie auf, halb aus Angst, halb aus Ärger, und versuchte die Karten abzuwehren – da merkte sie, dass sie am Ufer

lag, den Kopf auf dem Schoß ihrer Schwester, die vorsichtig einige welke Blätter fortnahm, die ihr von den Bäumen herunter aufs Gesicht gefallen waren.
„Wach auf, Alice!“, sagte ihre Schwester. „Du hast vielleicht lange geschlafen!“
„Oh, und ich habe einen so merkwürdigen Traum gehabt!“, sagte Alice, und sie erzählte ihrer Schwester so gut sie sich erinnern konnte, all die seltsamen Abenteuer, die ihr gerade gelesen habt.
Als sie fertig war, gab ihre Schwester ihr einen Kuss und sagte: „Das war wirklich ein sonderbarer Traum, aber nun lauf schnell nach Hause, sonst kommst du zu spät zum Tee.“ Da stand Alice auf und rannte nach Hause und dachte dabei, dass es eigentlich ein wunderschöner Traum gewesen sei.
Ihre Schwester blieb noch eine Weile sitzen, den Kopf in die Hände gestützt, blickte in die untergehende Sonne und dachte an die kleine Alice und ihre wunderbaren Abenteuer, bis auch sie zu träumen anfing.

Zuerst träumte sie von Alice. Sie sah sie vor sich, wie sie ihre Arme um die Knie schlang und sie mit glänzenden Augen anschaute. Sie hörte ihre Stimme und sah, wie sie sich mit einer ungeduldigen Kopfbewegung die Haare aus dem Gesicht warf, die ihr immer wieder in die Augen fielen. Das alles sah sie so deutlich vor sich, dass auf einmal um sie herum die seltsamen Geschöpfe aus dem Traum ihrer Schwester lebendig wurden.

Das lange Gras zu ihren Füßen rauschte, und das weiße Kaninchen huschte vorbei. Die erschrockene Maus plätscherte durch den Teich. Sie konnte das Klappern der Teetassen auf dem Tisch hören, wo der Faselhase und seine Freunde endlos beim Tee saßen, und die gellende Stimme der Königin, die ihre unglücklichen Gäste zur Hinrichtung schickte. Wieder nieste das Ferkel-Kind auf dem Schoß der Herzogin, während Pfannen und Schüsseln rundherum in Scherben gingen, wieder erfüllten der Schrei des Greifen, das Quietschen vom Griffel der Eidechse und das Stöhnen des unterbundenen Meerschweinchens die Luft und vermischten sich mit dem Schluchzen der unglücklichen falschen Schildkröte.

So saß sie da, mit geschlossenen Augen, und glaubte fast, sie sei im Wunderland, obwohl sie wusste, dass alles wieder zur alltäglichen Wirklichkeit wurde, sobald sie die Augen öffnete. Das Gras rauschte dann nur im Wind, allein das Schilf kräuselte kleine Wellen auf dem Teich, das Klappern der Teetassen waren

dann nur noch die Glocken der Schafherde auf der Weide und die gellende Stimme der Königin die Rufe des Hirtenjungen. Denn das Niesen des Kindes, das Geschrei des Greifen und all die anderen Geräusche waren (das wusste sie) nur der normale Lärm, der auf einem Gutshof alltäglich herrschte – und das schwermütige Schluchzen der falschen Schildkröte war nichts anderes als das Muhen der Kühe.
Zum Schluss malte sie sich aus, wie ihre kleine Schwester Alice später einmal selbst erwachsen sein würde; und wie sie sich durch all die Jahre hindurch das einfache, liebevolle Herz ihrer Kindheit bewahrt hatte und dann andere Kinder um sich versammelte, die sie neugierig und gespannt anblickten, und ihnen Geschichten erzählte, vielleicht sogar den seltsamen, längst vergangenen Traum vom Wunderland und ihre Erinnerungen an ihre eigene Kindheit und an einen glücklichen Sommertag.

Kinderbuch-Klassiker
Nussknacker und Mausekönig
E. T. A. Hoffmann
Schneider Buch